RENSKE DE GREEF

Lust auf Lust

Buch

Renske de Greef liebt Sex, und sie liebt es auch, darüber zu schreiben. Ihre Geschichten sind dabei herrlich unverkrampft, direkt und frech und nie ordinär. Völlig offenherzig schreibt sie darüber, was sie so erlebt im ganz normalen Chaos der Liebe. Berichtet von Partys, auf denen sie feststellt, dass sie schon mit so ziemlich jedem anwesenden Mann einmal etwas gehabt hat. Als sie einmal ein Mädchen deshalb zur Rede stellt, fragt sie sich: Warum sollte sie sich dafür rechtfertigen? Was ist denn so schlimm daran, wenn eine Frau ihre Lust auslebt und Spaß hat? Warum sollte sie nein sagen, wenn sie eigentlich ja sagen will? Warum sollte es nur Männern erlaubt sein, Erfahrungen zu sammeln? Warum sollte sie ein schlechterer Mensch sein, nur weil sie mit mehreren Partnern geschlafen hat? Und warum ist »Schlampe« so ein unschönes Wort, wenn es doch eigentlich bedeutet, dass man tut, was man mag? Renske steht zu ihrer Leidenschaft und redet auch darüber: über Sex an ungewöhnlichen Orten, über Männer, die es anturnt, wenn man sie beschimpft, über Sex zu dritt, Beziehungen, Eifersucht und auch über die Suche nach Mr. Right. Denn auch sie wünscht sich natürlich den idealen Mann, nur bis sie den gefunden hat, kann noch einige Zeit vergehen. Und wie sollte sie diese Zeit besser nutzen als mit der schönsten Sache der Welt?

Autorin

Sie kann nicht flirten, glaubt nicht an aufreizende Unterwäsche, mag Bier, Sex und das Schreiben. Renske de Greef ist gerade einmal 23, aber schon eine erfolgreiche Kolumnistin und Schriftstellerin. Ihre Internetkolumne »Lust« wurde schnell zur beliebtesten Seite des Onlinemagazins »Spunk«. Außerdem schreibt sie für verschiedene Magazine und Zeitungen wie z. B. für De Morgen, Cosmopolitan, Playboy, Viva und Esquire. Sie lebt derzeit in Amsterdam. »Lust auf Lust« ist ihr erstes Buch bei Goldmann.

Renske de Greef

Lust auf Lust

Intime Geständnisse

Aus dem Niederländischen
von Matthias Müller

GOLDMANN

Die Originalausgabe erschien 2004
unter dem Titel »Lust. Liefde, seks & bambihertjes«
bei Rothschild & Bach, Amsterdam

Umwelthinweis:
Alle bedruckten Materialien dieses Taschenbuches
sind chlorfrei und umweltschonend.

2. Auflage
Deutsche Erstveröffentlichung Dezember 2007
Copyright © der Originalausgabe 2004 by Renske de Greef,
Rothschild & Bach, Amsterdam, und Spunk, Amsterdam
Copyright © der deutschsprachigen Ausgabe 2007
by Wilhelm Goldmann Verlag, München,
in der Verlagsgruppe Random House GmbH
Umschlaggestaltung: Design Team München
Umschlagfoto: Alek Bruessing
Redaktion: Jörn Mixdorf
NG · Herstellung: Str.
Druck und Bindung: GGP Media GmbH, Pößneck
Printed in Germany
ISBN: 978-3-442-46567-5

www.goldmann-verlag.de

Inhalt

Angenehm	7
Pillow Talk	13
Pingpong-Show	17
Stunt-Sex	22
Thailand II	26
Titten	31
Bettverhalten	35
Lesbenliebe	39
Das erste Mal	44
Sexbeziehung	48
Dirty Talk	52
Schlussmachen	57
One-Night-Stand	62
All I want for X-Mas	67
DIY	72
Obermanipulatorin	76
Anale Phase	81
What men want	86
Dreier	91
Schmonzette	96
Der Freund meines Freundes	101

Fatal	105
Spiegelbild	110
Erstes Date	114
Break-up Barbie	118
Sünderin	122
Penisneid	127
Fag hag	131
Hassliebe	136
Dessous	140
Eifersucht	144
Orgie	148
Erwischt	152
Männer	156
Platonisch	160
Lecken	164
Frühling	169
Beziehungen	173
Kumpel-Komplex	178
Der Test	182
Macht	186
Flirten	190
Unerreichbar	194
Entzug	198
Bonusmaterial	203

Angenehm

Kichernd drücke ich die Klingel. Gleichzeitig versuche ich, so gut es geht, mein Gleichgewicht zu halten. Irgendwo besoffen ankommen geht ja noch, aber irgendwo besoffen über die Schwelle stolpern, das ist dann doch unter meiner Würde – habe ich beschlossen, nachdem ich eigentlich schon den Ruf weg hatte.

Die Tür wird schwungvoll von Peter geöffnet, dem Gastgeber, der mich dann auch gleich charmant auffängt, als ich mit dem Absatz an der Schwelle hängen bleibe, während mein restlicher Körper schon ein Stück weiter ist. Das nenne ich falschen Schwellengebrauch, und das hat nichts mit Fallen oder Stolpern zu tun. »Renske! Schönheit!«, ruft er, was mich sehr freut, weil ich da wieder merke, wie gut ich ihn abgerichtet habe.

Er führt mich ins Wohnzimmer, in dem nur Jungs sitzen, klar, und ein Mädchen – was?! Es ist eine kleine Party, nichts Besonderes, und ich habe eigentlich damit gerechnet, dass ich hier alle kenne und mich entsprechend sicher fühlen kann. Aber da ist jemand, den ich nicht kenne. Und es ist ein Mädchen. Aber ich bin besoffen, habe meine gemeinen spitzen Stiefel an, mit denen ich einen kleinen Hund aufspießen könnte, und ich bin ein gutes Stück größer als sie. Ich bin schließlich ein cooles Mädchen. Oder?

»Hallo«, sage ich.

»Hallo«, erwidert sie, nicht allzu feindselig. Ermutigend. »Woher kennst du die alle?«, fragt sie. »Ich bin gerade neu in Peters Klasse gekommen, und er hat mich gleich eingeladen, was ich total nett finde, aber ich kenn hier niemanden.«

»Oh«, sage ich begeistert, »also: Jelle, der Blonde da drüben, das ist ein Exfreund von mir, schon lange her, aber über ihn kenne ich Rogier – den da –, mit dem hab ich 'ne Zeitlang rumgehangen, und Thijs, das war ein One-Night-Stand, aber dann dreimal oder so, und Frank, das ist ein sehr guter Freund, mit dem bin ich mal völlig besoffen im Bett gelandet, und danach sind wir echt close geworden, und Mik, der Lange da, mit dem hatte ich für eine Woche oder so ein Verhältnis, und der da, das ist ein Freund von Peter, mit dem hab ich auch mal geschlafen, und natürlich mit Peter selbst, ja, ein paar Mal Sex, aber wir fanden dann beide, dass einfach so befreundet sein doch besser ist.«

Das Mädchen starrt mich an. Dann sagt sie: »Also, ich weiß ja nicht ... aber ist das echt dein Ernst, dass du so ungefähr mit jedem hier im Zimmer im Bett gewesen bist?«

Ich schaue sie kurz dumm an und gucke dann zu den Jungs rüber, die in Grüppchen quatschen, lachen und trinken. »Ja«, sage ich, etwas aus dem Konzept gebracht. »Ja, eigentlich schon.«

»Na hör mal!«, sagt das Mädchen, während sich ihre Miene von freundlich zu ›ich hab gerade 'ne tote Ratte gesehen!‹

verändert. »Ist das dein Ernst? So jemand bin ich echt nicht! Das find ich echt widerlich!«

Das hatte ich nicht erwartet. Ich bin unbewaffnet und auf bekanntem Gebiet, leichte Beute also. Mein besoffenes Gehirn wägt rasch ein paar Optionen ab: Schnell das Thema wechseln (Und was ist dein Lieblingstier?), ganz laut losschreien (Mannomann, bist du aber besoffen! Ich kapier kein Wort mehr von dem Zeug, das du da quatschst!) oder in die Küche entführen, den Mund mit Tape zukleben und in den Schrank sperren – »ist nur zu deinem Besten, ehrlich«. Aber dann überlege ich mir: Nein. Was erlaubt sich die Tussi eigentlich? Was ist daran denn widerlich? Warum ist es eigentlich immer noch so, dass Frauen nicht ins Bett gehen dürfen, mit wem sie wollen, wann sie wollen und mit wie vielen sie wollen? Was hat die Gesellschaft davon, wenn sie Frauen, die ihre Sexualität selbst in die Hand nehmen, heruntermacht und an den Pranger stellt? Warum laufen Horden von Frauen herum, die gerne wollen, sich aber nicht trauen, und die nicht »so eine« sein wollen? Warum? Wofür? Was haben die davon? Was gewinnt man, wenn man nein sagt und doch will? Warum ist ›Schlampe‹ so ein dreckiges Wort, wo es doch dafür steht, dass man einfach tut, was man will? Wieso muss man unbedingt ein schlechter Mensch sein, wenn man mit vielen verschiedenen Partnern Sex hat? Warum dürfen Jungs das immer noch, erwarten aber von den Mädchen, dass sie die Beine zusammenkneifen, nur weil sie kein abgelutschtes Butterbrot haben wollen, während wir mit ihrem durchweichten Baguette zufrieden sein müssen?

Also frage ich das Mädchen: »Soso. Das findest du also widerlich. Und warum?«

»Na, ist doch logisch, oder? Als Mädchen muss man ein bisschen auf sein Selbstwertgefühl achten. Und wenn man es zu oft mit anderen tut, dann denken die Leute, dass man leicht zu haben ist. Und das will man nicht.«

»Nee, das will man nicht. Weil leicht zu haben natürlich nicht gut ist«, sage ich, hoffentlich von Sarkasmus triefend.

»Nein, sie müssen sich um einen bemühen. Dadurch wird es was Besonderes, und dann kannst du testen, wie toll sie dich wirklich finden. Sex mit mir gibt's nicht für jeden. Das ist so was Besonderes, da muss man schon was zu bieten haben, wenn man das will.«

Ich schaue nachdenklich vor mich hin. »Aber ich muss doch gar nicht wissen, wie toll er mich findet, ich will doch nur mit ihm ins Bett. Und wenn ich einen Typen toll finde und mit ihm ins Bett gehe, und er hat's nur wegen dem Sex getan und kommt nicht wieder, dann ist es eben einfach kein toller Typ, und dann find ich ihn auch nicht mehr toll. Wenn daraus echt was werden kann, dann wird's auch nicht dadurch ›kaputtgemacht‹, dass du mit ihm ins Bett gehst. Wenn man das so macht wie du, dann hat man doch viel weniger Sex. Und das ist nicht gut.«

»Findest du denn nicht, dass da was abgewertet wird, wenn du mit vielen ins Bett gehst?«

»Nö. Sex nutzt sich für mich nicht ab. Es bleibt schön und was Besonderes, es ist nie ›verbraucht‹. Es kommt darauf an, welchen Wert ich der Sache beimesse. Wenn es nur wegen dem Sex ist, dann macht es einfach Spaß. Und wenn ich's mit einem Jungen mache, in den ich verliebt bin, dann geht's um all die anderen Dinge, die Klischees, die übrigens deswegen Klischees sind, weil sie so wahr sind. Zärtlichkeit, Zusammensein, und – ich krieg's beinahe nicht über die Lippen – ›miteinander verschmelzen‹.«

Sie schaut mich an, auf der einen Seite überrascht, dass da anscheinend doch Gefühle in mir stecken, auf der anderen Seite fassungslos über so viel Dummheit auf einem Haufen. »Also, ich würde das lieber keinem erzählen. An deiner Stelle würde ich schön den Mund halten«, sagt sie und guckt affig weg. Ich, ziemlich betrunken, werde plötzlich richtig sauer. »Ach ja?« Und ich gehe zur Stereoanlage und schalte sie aus. Alle sehen mich an. Ich bin mir des Anblicks bewusst, den ich da abgebe, stark alkoholisiert, leicht schwankend und mit einem gefährlichen satanischen Leuchten in den Augen. Aber jetzt gibt's kein Zurück. »Hallo, alle mal herhören! Jeder hier kennt mich ja, jeder auf eine andere Art, ihr seid alle Freunde von mir, und ich hab mit euch allen hier gevögelt. Au weia. Die da…«, und ich wedele mit der Hand vage in die Richtung des Mädchens, das versucht, mich mitleidig anzusehen, sich aber ganz schön erschreckt, als alle Blicke auf sie gerichtet sind. »Die da findet mich widerlich. Weil ich mit euch ins Bett gegangen bin. Ich kapier das nicht. Ich bin immer noch Renske. Ich habe dabei nichts verloren. Ich bin nicht weniger als vorher. Ich bin ziemlich zufrieden. Von jetzt an gebe ich also bekannt: Ich bin eine Schlampe. Schlampe sein ist meine sexuelle Ausrichtung. Jeder darf sein, was er will. Ich bin eben eine Schlampe. Und ich bin damit ganz glücklich. Sogar sehr glücklich.«

Ich drehe mich zu dem Mädchen um. »He, Schätzchen«, sage ich lauernd und mache einen Schritt in ihre Richtung. »Du bist hier die Einzige, mit der ich noch nicht … Willst du nicht eben mal … mitkommen?«

Und ich lache, als sie verschreckt und entsetzt wegläuft.

Pillow Talk

Gelangweilt rühre ich mit dem Teelöffel in meinem Instant-Cappuccino, während ich schnell mal heimlich schiele, um zu checken, ob da auch kein Schaum auf meiner Nasenspitze ist. Ich sitze mit ein paar Freunden bei jemandem zu Hause, der Fernseher läuft, aber alle reden durcheinander. Mir gegenüber sitzt ein Neuer, irgendein Mitbewohner von jemandem. Ist eigentlich egal, wer oder was er ist, aber nicht egal ist, dass er mich nun schon seit einer Stunde pausenlos damit vollquatscht, wie schwierig es ist, ein Zimmer zu finden und wie sein Studium aufgebaut ist. Ich nehme dankbar ein Bier von jemandem an – herrlich nach einem Instant-Cappuccino – und beschließe, das Gespräch ein bisschen zu steuern. »Aber Kasper ... so heißt du doch, oder? Weißt du, was ich nun wirklich interessant finde, dass der Orgasmus eines Mannes etwa acht Sekunden dauert. Und dass Schimpansen ein Ritual haben, demzufolge das Weibchen dem Männchen, das fremdgegangen ist, die Eier abbeißen darf und es dann noch drei Tage dauert, bis er verblutet. Was sagst du dazu?«

Kasper wirft mir kurz einen schockierten Blick zu und lacht dann. »Also, das find ich auch sehr interessant.«

»Ja, oder? Und wo du jetzt gerade von dir selbst redest: Was hältst du eigentlich von Porno? Und was ist deine Lieblingsstellung? Und was ist für dich das Schönste am weiblichen Körper? Und kapierst du, wie in Gottes Namen eine Frau mit einem Pferd vögeln kann?«

Während Kasper noch nach einer Antwort sucht, guckt jemand von der anderen Seite zu uns herüber. »Renske!«, ruft er. »Worüber redest du da schon wieder? Bestimmt über Sex, oder?«

Ich lache. »Ja! Macht doch Spaß!«, rufe ich zurück.

»Du redest aber auch echt immer über Sex, oder?«, ruft er lachend.

Ja, meistens schon, ja.

Ich liege im Bett. Mein Freund liegt neben mir. Wir beginnen ganz brav mit Küssen, steigern die Intensität ein bisschen, und dann verschwindet er unter der Decke. Toll, denke ich. Aber eigentlich wäre es mir lieber, er würde was anderes tun. Aber wie sagt man so was? Worte wie ›einen blasen‹, ›vögeln‹ und ›lecken‹ kriege ich im Bett einfach nicht über die Lippen. ›Oral befriedigen‹, ›penetrieren‹ und › »sie« küssen‹ erst recht nicht. Und er könnte jetzt mal mehr nach links. Aber was soll's.

Lustlos sitze ich an der Bushaltestelle im Wartehäuschen und denke über mein schreckliches Dilemma nach. Ein Mann, der auch Schutz vor dem Regen sucht, gesellt sich zu mir. Er ist etwa vierzig, gut gekleidet und hat einen Schnurrbart. Er setzt sich neben mich. »Sagen Sie mal«, beginne ich, »wieso ist es eigentlich so schön, außerhalb des Betts über Sex zu reden, während es im Bett wirklich schrecklich ist?« Ich sehe ihn an, während er mir zuhört. »Ich finde, die schönsten Gespräche sind die, in denen es um Sex geht. Das ist aufregend, intim, und jeder hat irgendwas dazu zu sagen. Sehr persönlich und gleichzeitig universell. Aber im Bett über Sex reden ist ganz was anderes. Die Worte, die mir sonst so leicht über die Lippen kommen, kriege ich dann nicht mehr raus, und alles klingt entweder belehrend oder wie billiger Porno. Es macht die Stimmung kaputt. Entspannt und lustvoll weitermachen ist danach nicht mehr drin, man beschäftigt sich ja dann doch irgendwie mit dem, was gesagt wurde. Vielleicht geht es, wenn man schon sehr lange einen Freund hat, aber ich schaffe es nach zwei Jahren immer noch nicht.« Ich schaue auf einmal ganz belämmert drein. (Ich kann mich selber sehr gut mitreißen.)

Er sieht mich an. »Na, na, von so einer energischen jungen Dame wie Ihnen hätte ich wirklich etwas anderes erwartet. Sie geben sich so unkonventionell, können aber Ihrem Freund nicht klarmachen, was Ihnen gefällt? Tun Sie's einfach! Ich weiß, wovon ich rede – danach ist es viel schöner.«

Ich liege im Bett. Mein Freund neben mir. Wir küssen uns ein bisschen, und dann bewegt er sich küssend meinen Bauch entlang nach unten. Jetzt ist der richtige Augenblick, blitzt es mir durch den Kopf. »Ähm… Liebling?«, setze ich zögernd an. »Könntest du vielleicht… mit den Fingern…« Er blickt auf. »Häh? Mmh… ja, klar. Ich dachte nur, dass es dir so gefällt.«

»Ja, es gefällt mir auch, aber…«

»Okay, ich mach's schon.« Einen Moment lang ist es still. Dann machen wir weiter und ich versuche, mich hinzugeben. Aber es klappt nicht. Weil ich Anweisungen geben muss: ein bisschen mehr nach links, nein, so wie du's gerade gemacht hast. Irgendwann hört er auf und wälzt sich von mir weg. »Mensch, Rens, was ist denn los? Mach ich es nicht gut, oder was? Sieh dir das an!« Er schaut auf seinen schlaffen Pimmel, der, kombiniert mit seiner Laune, wenig Gutes verheißt.

Ich setze mich auf. Die Stimmung ist so gemütlich wie zwischen zwei tiefgefrorenen Kaninchen in der Kühltruhe. »Tja, ich dachte… ich dachte, man muss über Sex reden. Das tu ich ja eigentlich mehr als genug, aber ich meine im Bett, mit dir.« »Der Mann in dem Wartehäuschen…«, murmele ich noch hinterher.

»Aha«, sagt mein Freund. »Und? Wie findest du das, im Bett über Sex reden?«

Ich platze los. »Schrecklich! Grauenhaft! Gar nicht auszudenken, dass du mich jetzt auch gleich so nervst. Man muss nicht alles sagen, so als würde man eine Gebrauchsanleitung vorlesen. Das kommt schon von selber.«

Er drückt mich an sich. »Gut so. Ich fand es auch blöd und hatte schon überlegt, wie ich's dir gleich heimzahlen kann.« Dann sieht er mich mit einem gespielt lüsternen Blick an. »Sollen wir dann jetzt einfach mal superstillen Sex haben?«

Ich setze auch einen verführerischen Blick auf. »Herrlich, Liebling, tolle Idee.«

Vertraue niemals Männern an Bushaltestellen.

Pingpong-Show

*M*eine Kehle fühlt sich rau und trocken an von der starken Klimaanlage. Mit meinem allerliebsten Lächeln bettele ich den Fahrer an, ob ich mir bittebitte eine Zigarette anstecken darf. Ist nicht erlaubt. Ich verziehe das Gesicht und murmele irgendwas in saurem Tonfall, aber dann fällt mir ein, dass er mich ja doch nicht versteht, und ich sage ihm laut auf Niederländisch, dass er ein abgefuckter Wichser ist. Worauf ich lächle und ihm auf Englisch erzähle, dass ich es völlig okay finde, nicht zu rauchen.

Ich bin in Thailand. Neben mir sitzt Jan. Wir unterhalten uns gerade, als der Taxifahrer sich plötzlich ins Gespräch einmischt. »*You... Holland? You like... show?*« Wir beachten den armen Kerl nicht, so als hätte er sämtliche Krankheiten von ganz Südostasien am Leib, denn Taxifahrer sind prinzipiell durch und durch schlechte Menschen, das weiß ja jedes Kind. Aber er ignoriert unsere Signale und fragt weiter. »*You... you like massage?*« Für eine Massage braucht man sich nicht bei einem ordinären Taxifahrer zu prostituieren, die werden einem überall nachgeschmissen, also überhören wir auch das. Aber dann: »*You like... erotic massage?*«

Wir richten uns auf und sind mehr Ohr als die zwölf Apostel beim Letzten Abendmahl. Während wir beide versuchen, unsere Köpfe zwischen die Sitze zu schieben, bestürmen wir ihn mit Fragen. Und was kriegt man da? Wo ist das? Gibt's das auch für Frauen? Was kostet das?

Lachend gibt er uns eine Broschüre. Die Mädchen sehen verführerisch aus, aber teuer ist es schon. Zu teuer. Also fragen wir ihn, ob er noch was anderes für uns hat. Wie durch einen Zauber hat sich der Taxifahrer von einer Ratte aus der Unterwelt in einen weisen alten Mann verwandelt, der uns den Weg zum Paradies offenbart. Er fragt, ob wir zu einer Pingpong-Show wollen. Darüber hatten wir schon etwas gehört, wenn auch nur mit einiger Mühe, weil die einzigen Menschen, mit denen man hier spricht, entweder Thais sind – und da schneidet man das Thema nicht so ohne weiteres an – oder Hippies, und die finden das unsittlich oder so. Also wir wollten schon. Und der Taxifahrer würde uns zu der einzig wahren bringen, mit allem drum und dran. »*Banana, coke bottle, tom boy, katoi.*« Es klang wie Musik in unseren Ohren.

Begeistert zogen wir abends zu unserem Treffen mit dem Taxifahrer los. Es gab erst ein kleines Problem mit dem Wiedererkennen – weil, na ja, die sich alle so ähnlich sehen und sie alle so tun, als würden sie einen kennen – aber dann ging's schließlich doch los. In einem von Bangkoks Armenvierteln bleiben wir vor einem dunklen Gebäude stehen. Ein paar zwielichtige Gestalten – was wirklich bemerkenswert ist, weil Thailänder nicht so schnell zwielichtig aussehen – stehen vor dem Eingang. Wir gehen einen Gang entlang. Das

Gebäude sieht von innen aus wie ein ausgedientes Wohnprojekt für Punks. Jedenfalls nicht wie ein Pornoparadies.

»Wir sind da, die Show beginnt gerade.« Wir gehen durch eine Tür und kommen in einen nicht besonders großen Raum, mit ungefähr drei Stuhlreihen, die um eine Art Boxring herum angeordnet sind. Es ist beinahe ganz voll mit Touristen und Thais. Darunter auch viele Paare. Ich denke daran, was der Taxifahrer gesagt hat, dass er hier manchmal mit seiner Frau hingehen würde. Sie fände es großartig. Aber die Stimmung ist trotzdem irgendwie merkwürdig. Keiner sagt was. Sieht so aus, als wäre es wirklich was Verbotenes. Wie gemütlich.

Es fängt an. Zuerst Pole Dancing. Das kannten wir schon, bitte weiterspulen. Dann kommt eine Frau, die sich kilometerlange bunte Tücher aus der Muschi zieht. Durch das UV-Licht leuchten sie grell auf.

Als Nächstes tritt eine Frau auf, die eine Banane aus ihrer Muschi flutschen lässt. Nach ein paar Mal Schießen und Auffangen, die Banane glänzt im Licht, fragt sie Jan: »*Wanna eat?*« Gott sei Dank lehnt er dankend ab – mit einem unverhüllt angeekelten Blick. Anschließend kommt eine Frau, die sich etliche Rasierklingen aus der Möse zieht. »Guck mal, Jan«, sage ich und stoße ihn an, »die hatte die gleiche Bauchoperation wie ich!« Und dann: Die Pingpong-Bälle. Jan bekommt ein Netz, mit dem er sie auffangen soll. Sie legt sich hin und: Plop! fliegen die Bälle durch die Luft. Schon irgendwie in Richtung Netz. Aber eigentlich doch ziemlich daneben. Genauer gesagt: in mein Gesicht.

Eine Frau tritt auf mit einer Colaflasche in der Hand.

Sie lässt Flasche und Muschi von einem Zuschauer überprüfen. Dann knackt sie die Flasche mit ihrer Muschi auf. Also: Sie öffnet einen Kronkorken mit ihrer Muschi. Sollte Houellebecq doch Recht gehabt haben mit diesen muskulösen thailändischen Muschis, von denen er erzählt? Es folgt ein kurzes Intermezzo mit Schwulenporno. Obwohl es alles in allem eine ziemlich schlappe Nummer ist, kann ich nur mit Mühe hinsehen. Drei Jungs stehen gelangweilt auf der Bühne und ziehen ein bisschen an ihren Schwänzen. Als die dann endlich halb steif sind, starren sie mit abwesendem Blick in die Ferne und gehen ein bisschen in die Knie. Ich finde, dass das widerlich aussieht und ertrage auch eindeutig nicht so viele Schwänze auf einmal vor meinem Gesicht.

Zu romantischer Musik von Mariah Carey (warum?) beginnt das große Finale. Ein Mann und eine Frau, die mit ziemlicher Sicherheit schon achtzig Kindern das Leben geschenkt hat, kommen verloren auf die Bühne. Im Rhythmus von Maria Carey (warum bloß?) fangen sie an zu vögeln. Dreimal stoßen in der einen Stellung, dann Wechsel – aufpassen, dass der Schwanz nicht rausrutscht –, dreimal stoßen in der nächsten Stellung, Wechsel, und so weiter, in vollkommener Stille, bis jeder im Publikum sie mindestens einmal gut gesehen hat. Dann verbeugen sie sich und treten ab. Das Licht geht an. Ende der Vorstellung.

Ein bisschen benommen verlasse ich das Gebäude wieder. (Der Ehrlichkeit halber muss ich hier hinzufügen, dass wir etwas länger sitzen geblieben sind, so dass wir die Show insgesamt fast dreimal gesehen haben.) Ich glaube, dass ich noch nie so viel Sex auf einmal gesehen habe, der so wenig mit Sex zu tun hat. Das war kein Sex-Club, das war eine Zirkusvorstellung. Mit Kunststücken, Clowns und Sketchen. Ich bin überrascht, was man offenbar alles mit einer Muschi anstellen kann, aber vor allem frage ich mich: Gibt's Leute, die so was anmacht?

Stunt-Sex

*N*ee, Schatz, ich will eigentlich nicht.«

»Ach komm, Mensch, ist doch geil.«

»Aber ich hab grade 'ne Schlange gesehen. Wer weiß, ob die nicht wiederkommt.«

»Und dann? Denkst du, die beißt dich in den Hintern oder so?«

»Aber wenn uns jemand sieht.«

»Hier ist niemand, und außerdem, wenn uns jemand sieht, dann schämt er sich mehr als wir. Die bleiben bestimmt nicht stehen und glotzen. Na komm.«

Ich zögere. Und tue es dann doch. »Na schön, aber schnell, ja? An dem Felsen da.« Wir sind auf Kreta und stehen in einem Wald. Es ist einsam, trotz der paar Leute, denen wir begegnet sind, und obwohl wir den Weg verlassen haben, kann ich ihn noch gut sehen. Ich lehne mich an den Felsen und ziehe meinen Sommerrock hoch. Ich behalte den Weg im Auge und sage zu meinem Freund, dass er sich verdammt noch mal beeilen soll. Nach zehn Minuten ist es zum Glück vorbei.

Ein andermal: Wir sind in meiner Schule. Die Klasse über uns feiert gerade ihr bestandenes Abi. Ich habe schon einige Bier intus. Plötzlich ist da dieser Plan. Die oberen Stockwerke der Schule sind menschenleer. Ich zögere. Und tue es doch. Wir schlüpfen schnell nach oben in den dritten Stock. Als ich vor einem Klassenraum auf einer Bank liege, wird mir erst so richtig klar, wie stressig das ist. Ich habe keine Ahnung, was für Folgen es hat, wenn uns hier jemand erwischt. Ich bin immerhin noch ein Jahr auf der Schule. Alle Lehrer werden es erfahren. Ich verkrampfe mich und feuere meinen Freund an. Nach zehn Minuten ist es zum Glück vorbei.

Warum tun Menschen so etwas? Was ist bloß so toll daran, an den ausgefallensten Orten Sex zu haben? Woher kommt die Begeisterung für die Vorstellung, sich an lächerlichen Plätzen in schwierige Stellungen hineinzumanövrieren? An Plätzen, die eindeutig nicht dafür gemacht sind? Der Sex wird dadurch nicht besser. Es ist unpraktisch, unbequem und schlichtweg stressig. Ich liege eigentlich nicht so gut, mit meinen Beinen im Nacken auf einer piekfeinen Toilette bei einer Gala, während ich nach Schritten horche und nach den merkwürdigen Geräuschen, die mein Abendkleid dank der unkonventionellen Position von sich gibt. Ich sitze eigentlich nicht so gut auf einem Felsen, während überall eklige Viecher rumlaufen, die mir jederzeit auf die nackte Haut springen können.

Und ich will nicht erwischt werden. Das führt nur zu unangenehmen, peinlichen Situationen. Das Merkwürdige ist eigentlich, dass derjenige, der dich überrascht, es meistens genauso peinlich findet. Von Freunden bei einer Party überrascht zu werden, darüber kann ich ja noch hinwegkommen, aber von einer bissigen Angestellten im Kaufhof? Vielleicht bin ich ja ein Hosenschisser, aber mit schamrotem Gesicht und meinen Klamotten unterm Arm aus einem Geschäft hinausgeworfen werden, ist nicht gerade meine Idealvorstellung eines gemütlichen Nachmittags. Wie kommt es dann, dass Paare eigentlich nicht drauf verzichten können? Dass man brav, bürgerlich und langweilig ist, wenn man auf einer Party nicht erzählen kann, wie man es letztens mitten auf der Tanzfläche miteinander getrieben hat? Bei dem, was man als Paar so macht, müssen ein paar sexuelle Exzesse schon drin sein, schließlich ist man ja noch jung. Es ist nämlich wichtig, seinen Ruf als wildes und immergeiles Pärchen aufrechtzuerhalten. Also muss man Geschichten erzählen können. Wenn man keine spannenden Sachen macht, steht man ganz unten auf der Hitliste der heißesten Pärchen. Dann ist man langweilig und ist nicht mehr so richtig verliebt. Heiße Paare, die sich wirklich lieben, sind jung und ausgelassen, sexuell aktiv und mutig. Machen die seltsamsten Dinge und wollen sich immer, egal ob's gerade passt oder nicht. Also muss man mitmachen.

Ich bin der Meinung, dass Sex eine Aktivität ist, die am besten im Bett zu ihrem Recht kommt. Höchstens noch auf dem Sofa. Weich, bequem und mit der nötigen Bewegungsfreiheit. Natürlich kann man von dieser schönen Basis aus noch allerlei Experimente unternehmen, aber ich bleibe dabei, dass man den besten Sex im Bett hat.

Aber eine Sache beim Sex an ausgefallenen Orten hat

schon was für sich. Und die ist dann wieder sehr schön. Die pornografische Erinnerung nämlich. Im Augenblick selbst macht der Sex zwar keinen Spaß. Aber es geht ja eigentlich nur um das, was danach kommt. Man macht es, um sich später, wenn man wieder sicher zu Hause ist, daran erinnern zu können. Und es dann großartig zu finden. In der Erinnerung wird es zu einem fantastischen Erlebnis, zu einem mutigen Abenteuer, das nur so von Geilheit trieft. Der Ort war gewagt, die Spannung heulte durch deinen ganzen Körper, und der Sex war herrlich. Was bist du doch jung und mutig. Auf einmal ist das, was du da getan hast, ein reiner Porno. Du hast deinen eigenen kleinen Pornofilm gemacht. Du kannst ihn von vorne abspielen und wieder geil davon werden. Also eine pornografische Erinnerung sozusagen.

Wir liegen im Bett. Ich knipse auf meiner Seite die Lampe aus.

»Du, Rens... damals auf Kreta, weißt du noch... das war toll, oder?«

Ich murmele schläfrig: »Ja, Schatz, das war toll. Wir sind echt mutig.«

»Und... weißt du noch... damals in der Schule?«

»Mmmm...«, sage ich und drehe mich zu ihm. Wir haben unsere pornografischen Erinnerungen. Manchmal fügen wir noch eine hinzu. Davon können wir dann wieder eine Weile zehren. Und in der Zwischenzeit schön bürgerlich sein.

Thailand II

*W*ir sitzen auf einem Holzboden auf ein paar harten Kissen. Weil es in der Insel-Ferienanlage, die wir mit unserer Anwesenheit beglücken wollten, keine Zimmer mehr gibt. Faule Ausrede. Aber wir warten geduldig, ob wir nicht doch zufällig einen Schlafplatz angeboten bekommen. Wie durch ein Wunder begegnen wir wieder dem lockeren Kanadier, den wir vorher schon kennengelernt hatten, und dann passiert genau das. Nachdem wir über diesen Zufall kurz in Ekstase geraten – was natürlich kein Zufall ist, weil jeder hier den *Lonely Planet* hat –, bietet er uns seine Hütte an, weil er in dieser Nacht irgendwo anders schlafen kann.

Obwohl wir dreckig und ganz klebrig sind von einem ganzen Tag in der Sonne und auf Sandpisten, trinken wir doch noch ein Bier. Nach einer Weile kommt ein seltsames, kahlköpfiges Männchen zu uns, das wir schon vorher gesehen haben. Durch das thailändische Bier ermutigt, spreche ich ihn an. Es scheint ein Deutscher zu sein. Er sieht aus wie ein räudiger Hund mit Schnauzer, hat kurze Arme und Beine und einen Bierbauch. Er sieht unmöglich aus.

Schnell kommt das Gespräch auf Sextourismus. Wir fragen ihn, ob er das vielleicht auch macht, und ob es das auf der Insel gibt. Für uns besteht sie aus Ferienanlagen und Strand, mehr nicht. Er sagt lachend ja und lädt uns für den Abend ein. Er bezahlt. Leicht betrunken sitzen wir etwas später lachend in dem großen Jeep des Leiters der Ferienanlage, der beschlossen hat, auch mitzukommen. Ein Junge vom Personal ist auch dabei. Er heißt Dum, will aber, dass wir ihn Adam nennen, weil er seinen thailändischen Namen hasst.

Als wir in dem kleinen Ort ankommen, halten wir zu unserer Enttäuschung vor einem Café. Ein paar Frauen lümmeln lustlos auf ein paar Sofas, die da herumstehen. Wir setzen uns an einen Tisch, und eine ältere, aber gut erhaltene Dame ermuntert die Frauen, sich zu uns zu setzen. Es folgt eine halbe Stunde anstrengende Unterhaltung. Wir sprechen kein Thailändisch oder Deutsch, sie kein Niederländisch oder Englisch. Adam versucht mit mir zu flirten, aber ich bin hier doch nun wirklich wegen etwas anderem hergekommen. Dann erzählt der Deutsche, der unbedingt will, dass wir ihn ›Fatboy‹ nennen, dass man hier Sexmassagen bekommen kann. Endlich. Jan ist sofort hellwach und kann nur noch an dieses eine glorreiche Wort denken und alles, was damit verbunden ist. Resultat ist ein total besoffener Jan, der alle paar Minuten verkündet: »*I want a sex massage!*«

Es ist klar, dass Fatboy das regeln muss. Zum Glück für Jan-›*I want a sex massage*‹-Hoek tut er das auch. Nach einem faszinierenden Gespräch zwischen den Mädchen (der Ware), der älteren Frau (der Verkäuferin), Fatboy (dem Käufer) und dem Chef (Doppelrolle: Käufer und Dolmetscher) gehen sie mit. Erst murren sie ein bisschen, aber nach ein paar Worten von Fatboy steigen sie strahlend in den Wagen. Was ist hier passiert? Wie viel wurde geboten? Ich traue mich nicht zu fragen.

Als wir wieder in der Ferienanlage alle aus dem Auto steigen, tut sich sogleich ein Problem auf. Vier Männer plus eine Frau (ich), drei thailändische Freudenmädchen und nur zwei Zimmer. Das Hurenverteilen beginnt.

Ich will keinesfalls klein beigeben. Das ist verdammt noch mal das einzige Mal in meinem Leben, dass ich die Chance habe, eine Thailänderin in mein Bett zu kriegen. Schon sehe ich Fatboy nach meiner Beute schielen, also trete ich vor, ergreife ihre Hand und sage mit einem vielsagenden Blick so charmant wie möglich: »*You come with me?*«

Ich muss ehrlich sagen, dass ich hoffe, nie wieder in meinem Leben die Antwort auf diese Frage zu bekommen, die ich von ihr bekam. Sie machte einen Satz rückwärts, erstarrte, brach in ein hysterisches Gekicher aus und sagte dann erschrocken: »*You? No, no! What can I do? What can I do with you?*«

Das saß. Laut lachend stolzierte Jan dann mit seiner Thailänderin am Arm davon. Zu unserer Hütte, verdammt noch mal. Endstand Renske: keine Hure, kein Haus. Und zu allem Überfluss durfte ich dann auch noch Zeugin vom peinlichen Ausgang des großen Verteilens werden. Der Leiter war inzwischen so betrunken, dass er überhaupt keine Lust mehr hatte, was bedeutete, dass Fatboy mit zwei Frauen übrig blieb. Eine Walhalla, fies war nur, dass sie ihn alle beide nicht haben wollten. Sie fanden ihn zu abstoßend und zu hässlich. Er sah mich traurig an und erzählte mir dann mit übertrieben viel aufrichtiger Rührung, dass ihm das öfters passiere. Aber Sie haben doch dafür bezahlt, sagte ich. Er wollte nicht mehr, nicht wenn er dabei so viel Ekel in ihren Blicken sah.

In einer Aufwallung von Mitleid umarmte ich ihn, was außergewöhnlich misslang, wegen seines Bauchumfangs und wegen des Thai-Biers. Etwas später rief er mich. Ich saß inzwischen am Strand, wo ich übellaunig über mein Pech und die Rohheit der thailändischen Huren nachgrübelte. Er fragte, ob ich nicht sein Zimmer haben wolle, Adam würde auch da schlafen. Er habe genug, er würde im Restaurant schlafen, beim Personal und den gestrandeten Hippies. Ich lehnte ab, aber er drängte mich, und da gab ich natürlich nach, nach ungefähr zwei Sekunden.

In seiner Hütte saß Adam. Er sah mich an. Und ach, unter der Last meiner schnöden Zurückweisung schien es mir plötzlich eine hervorragende Idee, dann wenigstens mit Hilfe eines jungen Angestellten die sexuellen Fähigkeiten der Thailänder zu testen.

Ich mache noch einen halbherzigen Versuch, ein Gespräch anzufangen (machst du so was öfter und so), merke aber, dass es aussichtslos ist. Schweigend ziehen wir uns aus. Während er thailändische Sätze murmelt, was ich dann doch wieder sehr niedlich finde, drapiert er mich in allerlei schwierige Kamasutra-Stellungen. Haltungen, die bestimmt Namen haben wie ›balancierende Ente‹ und ›umgekehrter Reiher‹, bringen meine Gliedmaßen in Positionen, in denen sie sich noch nie befunden haben. Ich bin erschöpft. Nachdem es vorbei ist, streichelt er mir ein bisschen über den Kopf (was?!) und schläft dann ein. Wie süß, diese thailändischen Männer. Ich bin mittlerweile hellwach, also knuffe ich ihn noch kurz fest in die Seite, worauf er nur zu schnarchen beginnt. Sexy. Nach einer Weile gebe ich es auf und wanke mit blinzelnden Augen zu der besudelten Hütte, wo ich hingehöre. Ich komme an dem Restaurant vorbei, wo die drei Mädchen bei Fatboy sitzen. Es sieht nicht sehr gemütlich aus, sie haben sich ihre Jacken umgehängt und warten offensichtlich darauf, zurückgefahren zu werden.

In der Hütte sitzt Jan aufrecht im Bett. »Renske!«, sagt er.

»Jan!«, sage ich.

»Weißt du, was passiert ist?«, fragt er. »Guck mal!« Er hält mir ein blutiges Handtuch hin.

»Bäh! Was ist denn das?«, sage ich, noch immer nicht ganz im Bilde.

»Blut! Und das kam aus der Hure! Wir standen unter der Dusche, und plötzlich fiel ein Brocken aus ihrer Muschi! Und dann hat sie sich am Handtuch unseres lustigen kanadischen Hippies abgewischt!«

Ich lasse mich aufs Bett fallen. »Das ist nicht dein Ernst!«

»Und ob!« Und wir müssen beide hysterisch lachen, denn so komisch ist das natürlich nicht. In der Morgendämmerung suchen wir verschwörerisch eine Stelle, wo wir das Handtuch begraben können. Während wir die Stelle markieren – Sinn für Dramatik haben wir schon –, legen wir am Grab des Handtuchs einen feierlichen Schwur ab. Es niemals, aber auch niemals irgendeiner Menschenseele zu erzählen.

Titten

*I*ch war elf. Hoffnungsvoll stand ich vor dem Spiegel. Meine Hände auf den Stellen, wo sie bald, ja ganz bald erscheinen würden. Meine Titten.

Es war eine erwartungsvolle Zeit. Irgendwann war jeder damit beschäftigt. Einige hatten sie schon, bei anderen waren es zwei winzige Höcker, wieder andere waren nach wie vor flach. Diejenigen, die sie schon hatten, waren manchmal stolz und eingebildet, manchmal schämten sie sich und drehten sich beim gemeinsamen Duschen weg. Ich gehörte zum Flachland, bei mir gab es noch nichts zu sehen. Mit einer Freundin sprach ich darüber, dass wir es jetzt echt kommen fühlten, dass es schon ein bisschen kribbelte. Was wussten wir schon.

Es dauerte eindeutig zu lang für meinen Geschmack. Von älteren Freundinnen hörte ich die schrecklich erwachsenen Worte, dass »einem auf einmal alles so viel besser steht«. Und dass »BHs shoppen echt geil ist«. Wenn man denn Brüste hat. Und dann kam da auch noch das Lied von *Kinder singen für Kinder. Ich krieg Titten* hieß das (»Tiiiiitten, sie kriegt Titten, Tiiiitten, echte Titten.«) Das Mädchen, das das Solo sang, musste angeblich heulen – das hab ich von Insidern gehört –, weil es ihr anscheinend immer noch peinlich war. Ich kapierte das nicht, jeder will doch Titten, oder? Und sie bekam sie wenigstens.

Nach einiger Zeit fielen den Leuten meine fehlenden Titten auf. Ich fühlte mich körperlich versehrt, gehandicapt. Wo blieben sie? Worauf warteten sie? Was hatte ich falsch gemacht? Ich wollte auch mitmachen bei dem großen »Ich hab Titten«-Gefühl, mit Spitzen-BHs, stolzen Blicken nach unten und stechenden Rückenschmerzen.

Inzwischen bin ich neunzehn. Ich weiß jetzt, dass ganz viel Hoffen, Vor-dem-Spiegel-Stehen und Mit-den-Fingern-Kneten nicht dafür sorgt, dass man große Titten kriegt. Denn auch meine Titten fingen tatsächlich an zu wachsen, irgendwann in der Achten oder so (um die Zeit fiel auch mein letzter Milchzahn aus, man könnte also schon sagen, dass ich so was wie eine Spätentwicklerin war), aber dann haben sie wieder aufgehört, einfach so, lalala, wir hören auf. Ich bin bei einem dürftigen A-Cup stecken geblieben.

Und wenn ich auch noch so laut rufe, dass ich zufrieden bin und dass sie superschön sind und dass sie auch – ätsch! – ganz bestimmt nie hängen werden, kann ich mich doch nicht so richtig damit abfinden. Überall um mich herum sehe ich Titten. Große Titten. Es ist eine wahre Obsession geworden. Am Strand hänge ich nicht gemütlich mit einem Schmöker von Heleen van Royen vollgefressen in einem Liegestuhl, nein, ich liege platt auf meinem Handtuch und schiele voyeuristisch nach dem Busen meines Mitmenschen. Und zwar am liebsten oben ohne, weil man dann sicher sein kann, dass ihr die Titten nicht doch insgeheim bis zum Bauch runterhängen und sie sie nicht einfach hochgeschoben und in ein enges Top gequetscht hat. Und dann sehe ich sie mir an. Sind sie groß, klein, rund, birnenförmig, straff, schrumplig, ausgeleiert oder prall? Und sind es auch nette Brüste? Freundliche, hinterhältige, liebe oder nuttige? Meistens liegt dann ein Freund neben mir, der die Aufgabe hat, mir zuzuhören und mir beizupflichten. »Guck mal, siehst du die da? Au weia! Und die, findest du die schön? Die finde ich schon ganz hübsch. Und die da, die hat garantiert Nepptitten, siehst du das, ist aber trotzdem häßlich, oder?« Und dann starre ich ihn mit drohender und fragender Miene so lange an, bis er »Jaaahaa...« sagt, und dann setze ich meine Tirade fort. Aber manchmal, manchmal sagt er: »Die da, die find ich eigentlich ganz schön.« Und das sind dann immer diese ekligen aufgepumpten Schwimmwesten-Titten.

Size doesn't matter. Aber stimmt das wirklich? Eigentlich stehen Männer doch immer auf dicke Titten? Oder sind die üblichen Beschwichtigungen für Frauen wie mich doch wahr: Hauptsache, sie sind schön geformt, wohlproportioniert, straff. Ich kenne Frauen mit echt großen Brüsten, die, wenn sie sich mit Männern unterhalten, die Herren regelmäßig darauf hinweisen müssen, dass sich ihr Gesicht etwas höher befindet. Das will ich verdammt noch mal auch!

Also dann doch Brustvergrößerung? Tja, abgesehen von der Tatsache, dass man das Rauchen aufgeben muss, es eine Menge Geld kostet und hässliche Narben zurückbleiben, muss man sie auch alle zehn Jahre auffrischen. Alle zehn Jahre!

Aber an meinem Geburtstag passierte was. Es klingelte,

und ich machte auf. Meine beste Freundin steht vor der Tür. Nach einer langen Umarmung gehen wir rein.

»Ich habe ein ganz tolles Geschenk für dich«, sagt sie strahlend.

Neugierig mache ich das Päckchen auf. Zwei rosafarbene, glatte, weiche, ovale Dinger kommen zum Vorschein. Einen Moment lang starre ich überrascht darauf, während ich vorsichtig reinkneife. Aber dann schreie ich: »Titten! Karlijn, du hast mir Titten geschenkt!« Karlijn lacht. »He, Leute, seht mal her, ich habe Titten bekommen!« Ich lege meine Titten, die den subtilen Namen *Accents* tragen, ein und stelle mich vor den Spiegel. Kontrolliere meine Titten!

Als wir später ausgehen, guckt jeder auf meine Titten, und ich erzähle jedem, dass ich heute von Karlijn Titten bekommen habe. Es fühlt sich super an, gut, prall. Aber beim Tanzen muss ich schon etwas aufpassen. Dass meine Titten nicht rausfliegen.

Bettverhalten

*I*ch sitze in der Kneipe vor meinem x-ten Bier. Ich schaue etwas dösig aus den Augen (betrunken), aber ich habe beschlossen, dass mir das gut steht (geil). Mir gegenüber sitzt ein Typ. Er ist etwas älter als ich, hat kurze Haare und ist ziemlich dürr. Er stottert. Er trägt zwar keine Brille, hat aber den passenden Kopf dafür und hat totale Nicht-Klamotten an. Ein Nerd, der eigentlich unmöglich aussieht. Ich kenne ihn um ein paar Ecken, sonst hätte ich ihn noch nicht mal angesprochen, wenn ich mit ihm die Welt neu bevölkern müsste. Was nur wieder zeigt, was ich mit meinem oberflächlichen Sozialverhalten alles verpasse, denn der Junge ist eigentlich sehr nett, klug und sogar außergewöhnlich komisch. Zwar auch etwas still und in sich gekehrt, Typ graue Maus, aber es lässt sich schon was mit ihm anfangen. Ich frage ihn, ob er das letzte Bier bei mir zu Hause trinken will.

In meinem Zimmer drehe ich die Heizung auf und setze mich auf den dicken Teppich. Mit einem charmanten Lächeln drücke ich ihm ein Euroshopper-Bier in die Hand und schaue ihm lange in die Augen. Dann küsse ich ihn. Er erstarrt wie ein Kaninchen im Scheinwerferlicht. Doch dann erwidert er den Kuss, heftig und fest, nimmt mir das Bier aus der Hand und stößt mich um. Er packt mich unsanft und wirft mich aufs Bett. Er legt sich auf mich, ergreift meine Hände und schiebt sie mir über den Kopf. Dann küsst er mich wild und beißt mir in den Hals. Ich bin total perplex. Ich sträube mich etwas, und zum Glück lockert er den Griff um meine Hände. Was zum Teufel ist hier los? »Äh... hallo? Was machst du denn da?«

Er richtet sich auf und sagt mit cooler Stimme: »Gefällt dir das denn nicht?«

Darüber muss ich kurz nachdenken. Hat mir das gefallen? Darum geht's doch gar nicht, verdammt noch mal! Wer fragt denn so was Lächerliches im Bett? Es geht eher darum, dass er gerade eben noch ein Milchbubi war und jetzt irgend so ein Sadomaso-Meister.

»Immer mit der Ruhe, ich tu dir doch nichts. Entspann dich«, flüstert er mir leise, ein bisschen gemein und, tja, ziemlich sexy ins Ohr. Gefühlsmäßig kann ich das immer noch nicht so ohne weiteres akzeptieren, aber mit Logik lässt sich dagegen nichts ausrichten. Also entspanne ich mich.

Aufgedreht laufe ich über die Straße. Mit der einen Hand halt ich mir den Kragen gegen den Wind zu, mit der anderen halt ich die Hand des Typen neben mir fest. Ich schmiege mich lachend an ihn, und er legt seinen Arm um mich. Er ist ein paar Jahre älter als ich, sehr groß, muskulös und unglaublich sexy. Eine Art cooler, sexy Bär. Unterwegs begegnen wir ein paar Besoffenen, die uns irgendwas zurufen. Er zeigt ihnen ein paar Mal beiläufig den Mittelfinger.

Bei ihm zu Hause fallen wir lachend ins Bett. Wir ziehen

uns hastig gegenseitig aus, und ich krame ein Kondom hervor. Aber als ich es ihm überziehen will, sehe ich, dass sein Schwanz zu einem mickrigen Häufchen Fleisch verkümmert ist. Mein Bär guckt ein bisschen besorgt drein. Guten Mutes mache ich mich an etwas Aufbauarbeit. Es scheint zu funktionieren, aber kaum fangen wir an, schlafft er wieder zu deprimierenden Proportionen ab. Mein cooler Bär guckt mich an wie ein begossener Pudel. Seine ganze Haltung ist mitgeschrumpft. Er sieht mich an, als würde er jeden Moment in Tränen ausbrechen. Wie ein trauriges Kind fragt er mich weinerlich: »Aber wir können doch auch einfach nur schmusen, oder?«

Ich gucke ihn frustriert an und wende mich wieder seinem Schwanz zu. Eigentlich sowieso ein Minischwanz. Und als er dann endlich zu Potte kommt, ist es auch schon innerhalb von einer Sekunde wieder vorbei.

»War's auch so schön für dich?«

Bettverhalten unterliegt keinerlei Gesetz oder Logik. Oder besser: Es ergibt überhaupt keinen Sinn. Wie sich jemand im Bett verhält, lässt sich nicht voraussagen. Jemand kann noch so cool oder verklemmt sein: Das besagt gar nichts. Man weiß es einfach nie. Ein Schweiger kann der Brüller sein, eine Quasselstrippe mucksmäuschenstill. Ein sensibler Junge kann knallhart sein, während ein Macho in Tränen ausbricht. Wer weiß, wie pervers deine nette Nachbarin in Wirklichkeit ist. Eigentlich ist das ziemlich ärgerlich. Man will sich doch ein bisschen aussuchen können, worauf man in der Nacht Lust hat. Aber der normale Mensch und der

Bettmensch sind zwei verschiedene Personen, die nur sehr bedingt etwas miteinander zu tun haben.

Ich bin eingeladen, noch was bei einem Typen zu trinken, den ich vor einiger Zeit kennen gelernt habe. Während der üblichen Biere geht es mir gut. Ich bin richtig in Schwung, ich flirte, fordere heraus, spiele und verführe. Nach einer Weile fangen wir an, uns zu küssen. Ich führe ihn zum Bett und setze mich. Während ich mich schnell ausziehe, ermuntere ich ihn, dasselbe zu tun. Ich lege mich hin und ziehe ihn mit. Als ich mit dem Gesicht im Kissen vor mich hinstöhne, höre ich ihn plötzlich etwas sagen. Ich blicke auf und sage: »Was?«

»Ach, nichts«, antwortet er.

Von wegen nichts. »Was ist los?«, frage ich noch mal.

»Ach, ich hab nur an was gedacht, ist schon komisch.«

»An was?«, frage ich, langsam etwas sauer.

Er guckt weg. »Na ja, nur so, wie anders du bist, als ich dachte. Ich dachte, du bist so selbstsicher und die ganze Zeit mit Sex beschäftigt und so, du bist bestimmt 'ne richtige Dampfwalze und irre aktiv im Bett. Aber das bist du überhaupt nicht, du bist ganz passiv, du legst dich einfach so hin, ein bisschen wie ein Sack Kartoffeln, und das ist es dann. Echt nicht weiter schlimm, aber schon komisch.« Und dann dreht er sich einfach so um.

Lesbenliebe

*I*ch stehe in einer überfüllten, dampfenden Disco. Vor mir ist eine Erhöhung, ein großes schwarzes Podest, auf der seltsamerweise niemand tanzt.

Ich nehme die Frau, mit der ich tanze, an der Hand und ziehe sie mit auf das Podest. Hoch über der schwitzenden Menge tanze ich sie an. Sie geht darauf ein und tanzt zurück, extrem sexy. Ich streiche ihr andeutungsweise über die Brüste, sie dreht sich graziös um mich herum. Dann bleiben wir stehen und fangen an zu knutschen, während meine Hand auf ihrem Hintern liegt und ihre Hand unter meinem Pulli verschwindet. Undeutlich hören wir das Gejohle um uns herum. Dann hören wir auf, lächeln einander süß an und tanzen weiter. Aber alle beide sehen wir uns verstohlen um. Um zu sehen, wer uns zuschaut.

Ich habe mir immer die größte Mühe gegeben, bi zu sein. Das Höchste der Gefühle, dachte ich. Ich habe Frauen auch echt gemocht, weil sie so schön, rund und weich sind. Deswegen habe ich mir auch immer die größte Mühe gegeben, bei ihnen anzukommen: Habe geflirtet, mit ihnen getanzt, und manchmal habe ich sie einfach geküsst. Das hat meistens geklappt, denn beinahe jede Frau »will es gerne mal ausprobieren«.

Aber ich habe Frauen immer nur geküsst. Meine zarten Lesbenjungfrauen eigneten sich nicht so gut für eine Nacht voller hartem Lesbensex. Manchmal hatte ich auf einer Party schon mal einen Nippel im Mund, aber weiter ging es nie. Bis ich einmal betrunken in einer Kneipe stand und meine Bi-Existenz plötzlich eine völlig neue Wende nahm. Das passierte ungefähr in dem Moment, als ein sehr schönes, halbindonesisches Mädchen mich fragte, ob ich mit ihr zur Toilette gehen wolle. Immer eine schwierige Frage, finde ich. Wieso denn? Was will sie von dir? Gesellschaft? Kann man die Tür nicht abschließen? Sollen wir Drogen nehmen? Lippenstift austauschen? Oder knallharten Lesbenporno? Letzteres war hier offensichtlich der Fall.

Während ich ihr wie ein Schaf mit meinem benebelten Schädel in die Kabine folge, macht sie sofort resolut die Tür zu, schließt ab, klappt den Deckel nach unten und sagt: »So. Und jetzt will ich dich lecken.«

Mit einer Verzögerung von zwei Sekunden schlägt diese beiläufig ausgesprochene Mitteilung wie eine Bombe bei mir ein. Verwirrt versuche ich, Ruhe zu bewahren, während ich mir eine mögliche Reaktion überlege. Das ist der beste feuchte Traum, den ich jemals hatte. Und mein Bi-Sein verpflichtet mich zu einem spontanen Orgasmus des Glücks. Aber ich habe Riesenschiss. Deswegen sage ich nur: »Ich mach's bei dir.« Warum? Keine Ahnung. Die Vorstellung, dass ich meine Muschi vorzeigen muss, ist auf einmal so plastisch. Dann lieber ihre Muschi. Ich knie mich hin und blicke auf ihre Muschi. Sie ist schön, rasiert, dezent. Aber vor allem ist sie schrecklich dicht vor meinen Augen. Und jetzt muss ich irgendwas damit tun. Und ich habe keinen blassen Schimmer.

Nach einer Viertelstunde lecken höre ich mal auf – Ist sie gekommen? Fand sie es überhaupt schön? – und gehe völlig in Trance nach draußen. Ich finde mich supercool. Das Mädchen hat mittlerweile einen Schlüssel genommen und zieht sich, ihrem Image als coole und sexy Frau entsprechend, eine kleine Prise Koks rein.

Nach diesem Erlebnis war ich es wirklich. Volle Pulle hundertprozentig bi. Und was machen Bis, die schon mal Freunde gehabt haben? Die nehmen sich eine Freundin. Und seltsamerweise klappte das auch noch. Ich habe sie in dem Buchladen kennen gelernt, wo sie arbeitete, und bald gingen wir öfter miteinander aus. Uns gefiel es besonders, eine Show abzuziehen, miteinander anzugeben. Wir kokettierten enorm mit unserer Sexualität. Wir fanden es lustig, in Eckkneipen an der Bar zu stehen und zu knutschen, weil wir genau wussten, dass die zahnlosen alten Säcke dort vom Hocker fallen würden. Wir hatten Spaß daran, gerade in Einkaufsstraßen Händchen zu halten und sagten ständig so zuckersüße Dinge wie ›mein Knutschkaninchen‹ und ›meine kleine Honigbiene‹ zueinander.

Das fand ich alles herrlich. Aber es gab auch eine Kehrseite bei meinem Schritt in die Lesbenwelt. Plötzlich musste man nämlich auch Sex haben. Richtigen Sex. Und zwar nüchtern. Davor hatte ich einen Riesenschiss. Abgesehen davon, dass ich eine ziemlich problematische Beziehung zur Muschi habe (offene Wunde! offene Wunde!), wusste ich auch einfach nicht, was ich tun sollte. Ich entdeckte, dass das weibliche Fortpflanzungsorgan, und dann vor allem das einer anderen Frau, voller Rätsel ist. Im Bett verwandelte ich mich in einen unbeholfenen elfjährigen Jungen, der von zwei Schwulen aufgezogen worden war. Typus: Hat die Muschi läuten hören, weiß aber nicht, wo die Klitoris hängt. Und dabei habe ich selber eine, verdammt noch mal.

Ich konnte es natürlich lernen. Aber dazu hatte ich keine Lust. Ich kam mir in einem Frauenbett fehl am Platz vor, dumm und unbeholfen. So fühle ich mich in einem Heterobett nie.

Ich steige von dem großen schwarzen Podest herunter und ziehe die Frau hinter mir her. Wir stehen dicht beieinander an der Bar, sie steht vor mir, und ich habe die Arme um ihre Taille. Ich wische mir ein klein bisschen Schweiß ins Haar und nehme den Cocktail, den sie mir gibt. Wir trinken jede mit dem Strohhalm der anderen und lachen über unser übertriebenes Geflirte. Auf der Tanzfläche tanzen wir und geben uns ab und zu einen Kuss.

Wir verstehen unser Fach. Wir kapieren unsere Show. Die anderen Leute kapieren sie auch. Es ist sogar ein Trend geworden. Ein Trend, der meinen Nepp-bi-Gefühlen voll entgegenkommt. Wir knutschen, wir flirten, spielen und schäkern. Wir können es richtig genießen, und wir finden uns lieb und nett, sogar sexy. Aber es ist nur eine Show. Und die ist eigentlich dazu bestimmt, zu schockieren und andere anzumachen. Alles, was ich bis jetzt an lesbischen Sachen gemacht habe, habe ich vor allem deswegen gemacht, um davon erzählen zu können. Nicht weil ich lecken so toll fand, oder weil ich verliebt gewesen wäre. Es hat eher was mit Freude am Theaterspielen, am Verführen und an schönen Bildern zu tun, nicht mit der Liebe für eine Frau.

Wir werfen uns noch schnell einen Handkuss zu. Während wir beide weggehen – mit einem Kerl.

Das erste Mal

*E*s war an einem Morgen. So einem mit schlechtem Wetter draußen, klebrigen Laken und einem Kopf, mit dem man ohne Maske zu einem Halloweenfest gehen könnte. Ich hatte bei meinem Freund übernachtet, und wir lagen noch im Bett. Ich war vierzehn. Eine Stunde später wollte ein Freund von ihm vorbeikommen.

Wir fingen an, uns etwas lau zu küssen – es gibt nichts Ekligeres als sich morgens zu küssen – und kamen beide in Stimmung. Plötzlich sagt mein Freund: »Also, sollen wir's dann mal machen?«

Kommt gleich zur Sache, mein pragmatischer Freund. Und ich sagte: »Ja, gut.« Von dem Moment an stieg die Spannung, denn jetzt, wo es raus war, musste auch wirklich was passieren. Er war in den paar Sekunden zwischen dem Aussprechen seiner legendären Worte und dem tatsächlichen Besteigen auch ziemlich nervös und erregt geworden. Was einen erdbebenartigen Orgasmus seinerseits zur Folge hatte, sobald sich die entscheidenden Körperteile auch nur einen Millimeterbreit berührten.

»Hast du schon angefangen?«

Das war also mein erstes Mal. Großartig.

Ich kapiere nicht, warum Leute ihr erstes Mal im Voraus planen wollen. Die Vorstellung: ein in Kerzenlicht getauchter Raum, lauschiger Kuschelrock in der Anlage, schöne Dessous und ein Bett voll Rosenblüten. Das Ergebnis: ein verschwitzter Junge, der mit BH-Verschlüssen kämpft und dem es egal ist, ob das Ding aus roter Seide ist oder aus schwarzer Spitze. Währenddessen gehen durch seine nervösen Bewegungen zwei Kerzen drauf (Feuer!), wodurch es zu dunkel wird, um noch alles gut zu sehen (Ist das dein Fuß?), und geht einem der Kuschelrock auf die Nerven (Kuschelrock = trauriger, halbschlaffer Schwanz). Außerdem gibt Rock Rhythmen vor, bei denen man absolut nicht mithalten kann. Und im ganzen Bett diese verdammten Rosenblüten, die nicht nur saumäßig jucken und überall kleben, sondern danach auch in dem Sperma eines vorzeitigen Orgasmus schwimmen, sind eine Naturkatastrophe. Oder, wie Uma Thurman es einmal in *Pulp Fiction* so schön ausdrückte: »*It's been built up too much.*« Das erste Mal ist höchstwahrscheinlich eine Enttäuschung. Also lieber keine hohen Erwartungen.

Nach meiner Entjungferung konnte es nur noch besser werden. Und das war auch so. Das mickrige Kerlchen wuchs zu einem waschechten Liebhaber heran, und auch ich entdeckte, wie alles funktionierte und wo es hin musste. Und dann begegnete ich selbst einem Typen, der noch Jungfrau war. Nach allem, was ich gelernt hatte, nahm ich mir vor, dass es für ihn sehr schön werden sollte. Während des bewussten Abends gab ich mein Bestes. Und ich fühlte mich gut in der Rolle des allwissenden Sexgurus. Außerdem schenkte ich ihm ein tröstendes und überlegenes Lächeln, als es nicht klappte, und ermutigende Worte bei den Höhepunkten. Er fand es toll. Ich auch. Mehr noch: Während des Abends passierte etwas mit mir. Plötzlich sah ich sie. Meine Berufung: als Pornomutter Theresa! Eine großzügige, hilfsbereite Frau, die einfühlsam und vorsichtig bibbernden Debütanten über die Schwelle hilft. Eine Quelle der Inspiration und Kreativität. Eine Wohltäterin.

Ganz im Sinne meiner neuen Mission war ich danach ausschließlich auf der Suche nach Jungfrauen. Völlig selbstlos versuchte ich, Menschen zu finden, denen ich helfen konnte. Nach einer Weile hatte ich auch wieder jemanden gefunden. Er war voller Prinzipien und ganz bewusst noch Jungfrau. Nach langer Beratung und viel Verführungskunst beschloss er, dass er doch wollte. Er war bereit für seinen großen Schritt in die Welt der sexuellen Freuden. Ich hatte es mir zum Ziel gemacht, ein unübertroffenes Szenario zu schaffen, er sollte sich hineingerissen fühlen in einen großen Strudel von Sex, Lust und Schönheit. Ich wollte ihm zeigen, was alles möglich war.

Als wir im Bett liegen, fange ich ruhig mit dem Vorspiel an. Ich will es langsam auf den Höhepunkt hin aufbauen. Ich habe die Sache im Griff, und alles läuft nach Plan. Aber plötzlich wälzt er sich geschickt auf mich und fängt mit einem ganz eigenen Programm an. Völlig gelähmt starre ich vor mich hin. Von meiner hypersexuellen und doch fürsorglichen Domina-Pose ist wenig übrig. Ich liege eigentlich nur noch ein bisschen so da. Wie ist das möglich? Warum raubt er mir mein Lebensziel? Warum stellt er sich nicht ungeschickt an? Warum tut er mir das an? Aber dann kapiere ich: Er ist einfach ein Naturtalent, und darüber muss ich mich natürlich freuen.

Als es vorbei ist, sage ich bewundernd (aber natürlich ein bisschen von oben herab): »Mann, das hast du echt gut gemacht. Für das erste Mal, meine ich natürlich.«

Er guckt mich an und lacht los. »Das erste Mal? Hast du das denn wirklich geglaubt?«

Und da liegt man dann mit allen seinen guten Absichten. Meine Mission ist beendet.

Sexbeziehung

*I*ch gucke schräg aus den Augenwinkeln in den Spiegel zu dem Jungen, der etwas hochhält. »Ja, das ist meine Socke. Hast du auch die andere?« und bürste mir weiter kräftig die Haare. Als ich fertig bin, drehe ich mich um und umarme ihn. »Vielen Dank. Du bist ein Held. Du hast sie alle beide gefunden.« Ich versuche, sie anzuziehen, und frage: »Was machst du eigentlich am Samstag?«

»Ach, da hab ich ein Date, du weißt schon, mit der Tussi mit den dicken Titten.«

»Welche Tussi, welche Titten?«, frage ich interessiert, auf dem Bett liegend, einen Fuß in der Luft, mit einer halben Socke dran.

»Die von meiner Arbeit«, antwortet er. »Ich hab schon ein paar Mal mit ihr geschlafen.«

»Okay.« Mein Weltkrieg mit der Socke ist vorbei, und ich zwänge mich in meine Stiefel. Ich stehe auf, gebe ihm einen Kuss und gehe zur Tür. »Tschüss, Schatz! Pass auf, dass du nicht von den Titten erschlagen wirst!«, und ich springe auf mein Rad.

Das ist die ideale Welt. Die Welt der Sexbeziehungen. Ich korrigiere: die Welt der Sexbeziehungen, die funktionieren. Die Welt, in der Menschen Sex miteinander haben und dann wieder weiterleben, und dann wieder Sex haben, und dann wieder weiterleben. Die Welt, in der zwei Menschen einander auf eine angenehme Art genießen, ohne daraus irgendwelche Regeln, Gesetze und problematische Gefühle abzuleiten. Diese Welt existiert manchmal. Aber nie lange.

»Liiiiiiebling? Wie war's eigentlich mit dieser Tussi, dieser Nutte? Du weißt schon, die mit den ekligen Eutern?«

»Wie meinst du das?«

»Na eben diese hässliche Tussi, von der du neulich noch gesagt hast, dass die nicht vögeln kann.«

»Maaike? Die hat auch einen Namen, weißt du. Und es war supernett mit ihr, ganz einfach. Wieso fragst du?«

»Nur so. Aber ich vögle besser, oder? Und findest du nicht, dass es allmählich mal Zeit wäre für was Schönes, ein Geschenk, oder dass du mich zum Essen ausführst, oder so? Du weißt schon, was Normales.«

»Renske, was ist los mit dir? He, ich muss jetzt los. Wir sehen uns später, okay?«

»Niiiich ... Wo gehst du denn hin? Zu wem? Sag schon! Ich hab übrigens auch ganz toll gevögelt. Zufälligerweise!«

Denn Sexbeziehungen funktionieren nicht. Es ist beinahe unmöglich, eine Beziehung zu haben, die auf Sex basiert und bei der sich bei beiden Betroffenen die Gefühle nicht verändern. Biologisch gesehen werden wir voneinander abhängig. Bei jedem Orgasmus wird ein Stoff freigesetzt, der dafür sorgt, dass zwischen uns ein Band entsteht. (Und wie ist das dann bei Vibratoren?) Und wir sind nicht großzügig, wenn's ums Lieben geht. Wir sind egoistische Liebhaber. Wir wollen nicht, dass andere es mit dem anderen schön finden. Entweder nur mit uns, oder gar nicht.

»He, Schatz? Ich hab hier was für dich, schau mal. Einen Fotorahmen! Und ich habe auch schon ein Foto reingetan. Bin ich nicht gut getroffen? Und meine Brüste kommen doch gut zur Geltung, oder? Wenn du das nun einfach neben dein Bett stellst?«

»Liebes, vielen Dank, aber das kann ich doch nicht neben mein Bett stellen. Dann ist es doch so, als wäre ich besetzt, oder so. Und du weißt doch, dass ich keine Beziehung will? Es läuft doch gut so mit uns, es ist doch perfekt?«

»Ja, wenn wir schon dabei sind, dann noch kurz was dazu: Wir dürfen miteinander und mit dem Rest der Welt vögeln, aber dann nicht mit dem Rest der Welt. Was hältst du davon?«

»Netter Scherz, Schatz. Du, ich muss jetzt übrigens los. Wir sehen uns mal wieder, okay?«

Nein, nicht okay. Weil es immer so ist, dass der eine für den anderen mehr empfindet als der andere. Und es ist immer so, dass der eine sich schlecht fühlt, nichts einfordern kann, ohnmächtig ist. Du lässt es so wie es ist, weil du dann wenigstens noch mit dem Betreffenden vögeln kannst. Und auch wenn du dabei draufgehst, sagst du nichts, weil du weißt, dass der andere dann Schluss machen würde. Aber es gibt nichts Schrecklicheres als eine Sexbeziehung mit jemandem, in den man verliebt ist. Also raus mit der Sprache!

Ich liege im Bett. Ich habe mir die Decke bis unter die Nasenspitze hochgezogen. Ich verfolge ihn mit meinem Blick. Er geht ruhig im Zimmer umher, auf der Suche nach seinen Sachen. Er wirft einen Blick in den Spiegel und bringt seine Haare mit ein paar beiläufigen Bewegungen in Ordnung. Ich betrachte ihn genau, seinen schönen, flachen Bauch, seine breiten Schultern. Ich stecke den Kopf kurz mal ganz unter die Decke und seufze. Dann stecke ich ihn wieder raus. Ich hoffe, dass ich dabei süß und zerzaust aussehe, fürchte aber, dass das höchstwahrscheinlich nicht der Fall ist. Wahrscheinlich sehe ich aus wie jemand, der gerade Sex gehabt hat – ich habe immer stark das Gefühl, dass man einem das ansehen kann –, der gerade eben noch zerknittert unter der Decke gesteckt hat und jetzt ganz belämmert guckt.

Er sieht mich an und fragt, halb lachend: »Alles in Ordnung? Du siehst ja aus, als hätte dein Kaninchen Harakiri begangen.«

Ich nicke, seufze und wische mir ein paar verirrte Strähnen aus dem Gesicht. »Ich muss dir was sagen.«

Dirty Talk

*W*ir spazieren Hand in Hand durch den Wald. Das ist wirklich mal wieder ein sehr schönes Date. Er ist gut gelaunt, redet zwar ein bisschen viel, sagt dabei aber lustige Sachen, ist ganz offenkundig klug, und die blauen Augen haben es mir auch angetan. Während unsere Schuhe durch gelbes Laub schlurfen, nage ich an einer großen rosa Zuckerstange, die er mir mitgebracht hat. Der Junge erzählt eine Geschichte, und ich muss innerlich lachen über seine komische Aussprache, er lispelt ein bisschen. Richtig süß. Dann höre ich ihm wieder zu, er hat sich was Neues einfallen lassen: Bei jedem Menschen, dem wir begegnen, überlegt er, welchen Beruf er oder sie hat. Er hat gute Einfälle, kommt mit ›Hamsterzähmer‹, ›Krawattendesigner‹ und ›Fragenausdenker für Trivial Pursuit‹. Aber als er merkt, dass ich auch bei den mehr sexuell ausgerichteten Berufen lachen muss, macht er weiter mit ›Lackstiefellecker‹, ›Fette-Männerhure‹, ›Stöhner‹ und ›Flachwichser‹. Ich werfe lachend einen Seitenblick auf seinen begeisterten Mund, der am laufenden Band ordinäre Dinge ausspuckt. Er ist wirklich gut in seinem selbsterfundenen Spiel.

Abends gehen wir in eine Kneipe. Über einer flackernden Kerze spielen unsere Fingerspitzen miteinander. Wir stoßen an und denken uns einen schönen Anlass aus, auf den wir anstoßen können. Wir versuchen, uns ein bisschen interessant zu machen. Ich: »Weißt du eigentlich, warum man anstößt? Weil früher im Mittelalter Getränke oft vergiftet wurden. Durch kräftiges Anstoßen vermischte man den Inhalt der Gläser und zeigte so, dass er nicht vergiftet war.«

Er: »Wusstest du, dass Huren ein Kondom mit dem Mund umlegen können?« Es ist, kurz gesagt, sehr unterhaltsam. Nach ziemlich viel Bier beschließen wir, nach Hause zu gehen. Ich will bei ihm übernachten. Während des Spaziergangs nach Hause lehne ich mich bei ihm an. Nicht unbedingt, um was Liebes zu machen, sondern vor allem, weil es koordinationsmäßig gesehen einfacher ist – ich wanke ziemlich. Er legt den Arm um mich, und wir sehen uns in die Augen. Wir bleiben stehen, um uns zu küssen.

Bei ihm zu Hause angekommen, landen wir schnell im Bett. Hastig ziehen wir uns aus. Wir rollen etwas auf dem Bett herum, während ich fanatisch in sein Ohr beiße und er mir mit den Händen durch die Haare fährt. Dann legt er sich auf mich. Er fängt an, mich im Nacken zu küssen. Ich schließe genüsslich die Augen.

»Kleine Sslampe.« Ein keuchendes, zischendes Geräusch.

Ich sperre die Augen auf. Verblüfft schaue ich aus den Augenwinkeln auf sein Haar. Habe ich richtig gehört?

»Geil, oder?«

Ich nicke.

»Soll ich dich vögeln? Soll ich dich richtig gut und hart durchficken? Knallhart bumsen?«

Hmm. »Also …«, setze ich an, auf der Suche nach einer passenden Antwort. Ich bin ganz offensichtlich noch nicht so weit, dass man mich solche Dinge einfach so beiläufig fragen und dann gleich eine leidenschaftliche Antwort bekommen kann.

»Also? Sslampe? Soll ich dich ficken? Deine Fotze vollspritzen?«

Das ist dann wieder so eine Frage, auf die man von mir bestimmt nie eine leidenschaftliche Antwort bekommen wird. Noch nicht mal eine Antwort. Seine Stimme ist hoch, keuchend, und sein zischelndes S scheint geradewegs aus der Hölle zu kommen.

Ich drehe meinen Kopf von ihm weg. »WAS sagst du da?« Ich sehe ihn böse an. Er guckt erregt und mit leuchtenden – ja, irgendwie psychotischen – Augen zurück.

»Na, dass du so 'ne süße kleine Sslampe bist. Und dass ich deine Fotze vollspritzen will.«

Um Gotteswillen. Was redet der denn da? Ich schiebe mich unter ihm weg. »Mir ist es lieber, wenn du damit aufhörst, ich kann nicht behaupten, dass mich das besonders anmacht.« Die Untertreibung des Jahres.

Er schaut mich einfach an. »Ich tu dir bestimmt nichts, ich sag einfach solche Sachen, das ist geil, einfach so, für die Spannung.«

Ich schalte meine Verärgerung etwas runter, komme wieder näher und gebe ihm einen Kuss. »Mach das bitte nicht mehr. *Dirty Talk* ist okay, aber das hier geht echt zu weit.«

Kurz denke ich, wir hätten wieder so einen besonderen Augenblick. So einen Fingerspiel-Kerzenflacker-Augenblick. Aber ich habe mich geirrt.

»Wieso denn nicht? Ist doch geil. Ich find dich einfach so süß, geil, nass, ich will deine süße Teenieritze haben, ich will deine kleine Fotze, komm her.«

Angewidert und völlig perplex stehe ich auf. »He! Ich will nicht, dass du solche Dinge sagst! Ich find das echt ordinär, verdammt noch mal! Teenieritze! Wo hast du das denn her?«

»O ja, lecker, deine Teenieritze, lecker sssaftig, du fiese, fette geile Hure, los, mach weiter, mach weiter.«

»Eh! Lass das sein! Hör jetzt verdammt noch mal damit auf!« Ich stehe mitten im Zimmer, ich bin splitternackt, und mir ist saukalt. Ich bin noch leicht betrunken, aber vor allem bin ich sehr, sehr sauer. Und dreckig. Ich fühle mich dreckig, er ist dreckig, alles ist dreckig. Ich sehe ihn an. Er liegt auf dem Bett und guckt mich mit halbgeschlossenen Augen an. Ich schreie ihn noch lauter an: »Wie unglaublich ordinär du bist, verdammt noch mal! Einfach ein widerlicher Typ! Ich finde dich zum Kotzen!«

»Mmmmmh«, stöhnt er, aber seltsamerweise ist er ansonsten still. Plötzlich sehe ich, dass sich das Laken, das ihn ab der Körpermitte bedeckt, auf und ab bewegt. Und ich kann nur eine Hand sehen. Langsam dringt diese simple Addition auch zu mir durch. »Hör auf! Du holst dir da einfach einen runter! Ich bin wirklich stinksauer. Hör auf! Du widerst mich an, wie kannst du nur!«

»Mach weiter«, stöhnt er und fängt an, noch wilder zu

wichsen. Ich raffe schnell meine Sachen zusammen, zieh mich im Flur an und laufe die Treppe runter. Schnell schlage ich die Tür laut hinter mir zu. Aber ich habe gerade noch den Schrei von oben gehört: »Ssslaaa – aaaah ...«

Schlussmachen

*I*ch bin mit einem guten Freund in der Stadt unterwegs. Während wir entspannt auf einer Terrasse sitzen, kommentieren wir abwechselnd die auffallendsten Körperteile der Passanten. Plötzlich ruft mich mein Freund an. Mein lieber, süßer Freund. »Halloo, lieber, lieber Schatz, wie schön, dass du anrufst, gerade in so einem tollen Anruf-Moment, du bist sooo feinfühlig!«, rufe ich ausgelassen, Freundin des Jahres, die ich bin.

»Hi«, sagt mein Freund. »Du, ich muss mal mit dir reden, wir müssen reden«, sagt mein Freund. Mein dreckiger, heuchlerischer, gemeiner Freund. Er sagt es also. ES. Wie ein dummes Huhn, das dachte, dass es fliegen kann, lande ich nach diesem flüchtigen Moment der Fröhlichkeit knallhart auf dem Boden der Tatsachen. »Wie bitte?«, frage ich betroffen.

»Wir müssen reden. Okay? Wie wär's mit vier Uhr im ›Herzchen‹?«

Als ob man da nein sagen könnte. Als ob man da eine Wahl hätte. Als ob man sagen könnte: Oooch nö, hab gerade nicht so 'ne große Lust, sollen wir heute Abend nicht lieber 'nen Film gucken? Und geduldig lasse ich mich dann auch zur Schlachtbank führen, wie eine schicksalsergebene Kuh, die weiß, dass es keinen Ausweg mehr gibt. »Okay, um vier. Im ›Herzchen‹.«

»Was ist los?«, fragt der gute Freund teilnahmsvoll. »Du siehst so aus, als hätte dir jemand in den letzten sechs Stunden ununterbrochen mit einer Bratpfanne auf den Kopf gehauen.«

Ich denke kurz nach. »Ja«, sage ich. »Ja, so fühle ich mich auch. Aber irgendjemand hat mir dabei auch rhythmisch in den Bauch getreten, und jemand anderes hat mich einmal pro Minute in den Heimlich-Griff genommen.«

»Oh«, sagt er. »Ist was nicht in Ordnung?«

Ich lache, unglaublich tapfer, und fange dann an, hysterisch zu heulen. Pathetisch sacke ich auf eine Bordsteinkante. »Er will Schluss machen! Und das ergibt überhaupt keinen Sinn! Weil ich die Freundin des Jahres war, und er auch super ist. Aber vielleicht doch nicht, weil er Schluss machen will. Wie kann er bloß so was machen?«

»Was hat er denn gesagt?«

»Dass er mit mir reden muss! Das ist der Code für ›Schlussmachen‹. Eigentlich kann man es genauso gut gleich sagen. Aber das tut man nicht, weil das nicht erlaubt ist, am Telefon Schluss machen. Aber sagen, dass man reden muss, das geht!« Ich gucke mit roten, verheulten Augen zu meinem Freund hoch. Ich wische mir die Nase am Ärmel ab und ziehe sie geräuschvoll hoch.

»Also hat er noch gar nichts gesagt? Du weißt es also noch gar nicht. Ich glaube, dass er was ganz anderes vorhat. Er hat bestimmt ein Geschenk für dich. Oder er hat einen Chor organisiert, der dir ein Ständchen bringen soll. Oder er hat eine Ballonfahrt gebucht. Eher so was.«

Ich muss, trotz meines zerknautschten Gesichts und der guten Gründe dafür, lachen. »Gut, wir wetten, okay? Ich denke, dass er Schluss machen will, und du sagst Chor.«

Er lächelt, ist froh, dass ich das auch wieder ein bisschen tue – er hat sich natürlich in Grund und Boden geschämt für meine Szene – und sagt: »Gut. Wir wetten um einen Apfel.«

Natürlich hat er Schluss gemacht. Nachdem ich erstmal ungeheuer sauer war über seine Geschmacklosigkeit bei der Wahl des Schlussmachcafés (›Herzchen‹!), habe ich alle anderen Phasen durchlaufen: Fassungslosigkeit, Trauer, Verzweiflung und noch mal Wut. Als mein Bitten und Flehen nicht halfen, bin ich einfach weggegangen. Man muss schließlich seine Würde bewahren. Selbstverständlich bin ich nach einer Nanosekunde wieder zurückgelaufen, um mich noch einmal vor ihm auf die Knie zu werfen. Aber er war unerbittlich.

»Hallo, Renske hier. Du schuldest mir einen Apfel. Dieser Dreckskerl, dieses Arschloch, diese verdammte Filzlaus. Aber ich habe einen Plan. Das lass ich mir natürlich nicht gefallen. Ich hab einen Plan.« Mein Plan war eigentlich nicht so genial. Der Arbeitstitel lautete: Du Unglaublicher Schuft Was Fällt Dir Ein Mich Abzuservieren Jetzt Setze Ich Alle Hebel In Bewegung Um Dich Wiederzukriegen Das Lass Ich Mir Natürlich Nicht Gefallen. Nicht so packend, aber dem Sinn nach zutreffend. Frustration ist eins der vielen Gefühle, die man kriegt, wenn man einfach so fallengelassen wird. Das konnte ich nicht einfach so schlucken. Damit war ich ganz und gar nicht einverstanden. Wie konnte er das tun? Wie konnte er das einfach so im Alleingang machen? Gibt es nicht immer zwei Leute in einer Beziehung? Sollte man da nicht erst einmal drüber reden, oder so?

Also führte ich wochenlang ein knallhartes Terrorregime. Ich überschüttete ihn mit Anrufen und anschließend ignorierte ich ihn auf Partys total. Ich kam spontan vorbei, kochte für ihn und gab mich danach völlig gleichgültig. Ich schickte ihm liebe SMS und knutschte dann vor seiner Nase mit jemand anderem rum – was allerdings weniger gut funktionierte: Er knutschte dann einfach auch mit einer andern, und ich musste mich für den Rest des Abends auf dem Klo einschließen. Ich schickte ihm lange Briefe. Ich ließ ihn merken, dass er mir scheißegal war, gab aber auch deutlich zu erkennen, dass ich ihn supertoll fand – die Doppeldeutigkeit des Verführens also. Nach langen, ermüdenden Wochen war endlich am Ende eines langen Abends der Augenblick gekommen: Wir küssten uns wieder. Ich hatte gewonnen! An diesem Abend war ich im Siegesrausch. Ich hatte es geschafft! Ich hatte das Ruder herumgerissen, mein Schicksal in die Hand genommen, den Lauf der Welt verändert! Renske, die Obermanipulatorin.

Von da an hatte ich wieder einen Freund. Den einen Freund, den ich so gerne haben wollte, für den ich mich so abgerackert hatte. Und ich war nicht glücklich. Die Beziehung gründete auf übertrieben hartem Spiel (meinerseits) und verdecktem Widerwillen (seinerseits). Ich hatte dafür gesorgt, dass es wieder lief. Aber ich wollte eigentlich nicht dafür sorgen müssen. Es sollte eigentlich einfach so da sein. Ich merkte, dass er einfach nur kapituliert hatte. Und: Ich begriff, dass ich bei meiner ganzen Guerillataktik vergessen hatte, worum es eigentlich ging. Ich war nicht mehr verliebt. Ich hatte meinen Hauptpreis gewonnen, und jetzt wollte ich nichts mehr damit. Also rief ich ihn an. »Um vier im ›Herzchen‹?«

One-Night-Stand

*I*ch untersuche mein Gesicht aus allernächster Nähe im Spiegel. Das ist natürlich blöd. So etwas darf man nie machen. Und bestimmt nicht in so einem Moment. Ich spritze mir beherzt etwas kaltes Wasser ins Gesicht, das jetzt halt aussieht wie ein verwelktes Gesicht mit ein paar Tropfen kaltem Wasser darauf. Ich schlucke mit Mühe und halte meinen Kopf unter den Hahn. Gierig schlürfe ich literweise kaltes Wasser in mich hinein. Es tut weh, tut aber auch irgendwie gut. Ich rieche an dem T-Shirt, das ich gefunden habe. Es stinkt. Ich rieche an meinen Haaren. Die stinken auch. Nach Rauch und Zigarette und Menschen und Schweiß und Dreck. Ich werfe noch einen Blick in den Spiegel. Und mit DEM Kopf soll ich gleich jemandem gegenübertreten, den ich erst einmal gesehen hab? Ich setze mich aufs Klo. Wie spät es wohl ist? Bestimmt noch ziemlich früh. Ich pinkele. Ich finde es immer blöd, auf einem fremden Klo zu pinkeln. Ich will spülen, aber irgendwie funktioniert das Ding nicht. In einem Anfall von Vorpanik hämmere ich auf das Ding ein. Als sich dann noch immer nichts tut, gestatte ich mir echte Panik. Wild zerre ich an jedem hervorstehenden Ding, das ich entdecken kann, bis mir klar wird, dass ich dabei auch die eine oder andere Wasserleitung herausziehen könnte. Ich lasse es und fange an, völlig verzweifelt mit den Händen Wasser in die Kloschüssel zu schöpfen. Endlich spült es weg. Auf Zehenspitzen schleiche ich wieder zu seinem Zimmer.

Ich stehe in der Disco. Lächelnd gebe ich meinem Begleiter zu verstehen, dass ich kurz mal zur Toilette muss. In dem dampfenden Raum sehe ich mich im Spiegel. Mit einem nassen Finger streiche ich den Lidstrich weg, der unter meinem Auge zerlaufen ist. Die Musik wummert leise durch den ziemlich vernebelten Raum. Links und rechts von mir stehen Mädchen und schminken sich. Ich lasse etwas Wasser über meine Handgelenke laufen und ziehe meinen Pulli gerade. Jetzt geht's wieder. Als ich aus der Toilette komme, steht er da.

Ich klopfe leise an seine Tür. Ich höre ein unbestimmtes Geräusch. Woher soll ich jetzt verdammt noch mal wissen, ob ich auch das richtige Zimmer erwischt habe? Egal, ich riskier's einfach, bin doch schließlich ein cooles Mädchen, und gehe rein. Die Vorhänge sind zugezogen, in der Luft hängt ein penetranter Geruch. Der Geruch von Körperflüssigkeiten und abgestandenem Bier. Auf dem Boden liegen Klamotten. Auch die von mir. Im Bett liegt ein Typ. Ein sympathischer Wuschelkopf kommt unter der Decke zum Vorschein. Da ist wieder dieses unbestimmte Geräusch.
»Hi«, sage ich. »Bin wieder da.«
Der Kopf lacht, ein bisschen verlegen. »Du bist schon

auf.« Scharf beobachtet. »Willst du Frühstück?«, fragt der Kopf.

Mein ganzer Körper rebelliert gegen diese widerliche, ekelhafte, obszöne Vorstellung. Die Vorstellung, Essen in dieses leere Fass voller Magensäure und Elend zu werfen, ist genauso schrecklich wie Menschen, die sich in aller Öffentlichkeit die Fußnägel abbeißen – und die gibt es. »Okay. Frühstück.«

»Hallo«, sagt der Typ. Ich streiche mir das Haar aus dem Gesicht und sage auch Hallo. »Heiß, oder? Hast du Lust auf ein Bier?« Höfliche Frage. Und es ist heiß. Und er sieht zivilisiert aus, ich kann weder ein psychopathisches Grinsen noch ein Buchhaltersakko entdecken. »Okay. Ein Bier.«

»Wie ich sehe, hast du ein T-Shirt von mir gefunden.« Er steht an der Spüle und ist anscheinend mit allerhand Sachen beschäftigt. Was für Sachen? Was weiß ich, Sachen halt. Hab auch keine Ahnung. Er macht viel Krach. So viel, dass man beinahe meinen könnte, er will lieber nicht mit mir reden. Ich blicke an mir hinunter. Das T-Shirt stinkt. »Ja, tut mir leid. Ich wollte nicht gleich wieder in meine Party-Montur rein. Die ist, äh ... ein bisschen eng. Und schmuddelig.«

»Ach so.« Bis jetzt läuft's ja sehr gut. Es ist still. Es bleibt still. Es ist nun doch sicher schon fünf Minuten lang still. Zu lange still, um mit einer 08/15-Bemerkung die Stille zu durchbrechen. Jetzt muss echt was Geistreiches kommen. »Und ... frühstückst du gerne?« Genau, Rens. Genau so eine Bemerkung.

Ich lache. »Und, was sollen wir machen?«

»Na ja, wir könnten Motten in einer Papiertüte züchten und damit groß rauskommen. Weißt du, wie schön Motten sind?«

»Und ob!« Aus reiner Zustimmung und frohem Erstaunen haue ich ihm kräftig auf die Schulter. Er verschüttet sein Bier über mich, aber ich lasse mir diesen prachtvollen Augenblick durch nichts vermiesen. »Und ob! Das hab ich schon immer gesagt! Warum finden alle Schmetterlinge immer so schön und Motten eklig und hässlich? Ich find das so was von unfair. Motten sind wunderbar, wirklich unheimlich schön.«

Er guckt mich lächelnd an. »Meinst du das im Ernst?«

»Ja«, sage ich leise.

»Ich auch, weißt du.« Und dann küsst er mich.

Mit wachsender Verzweiflung blicke ich auf den unglaublichen Berg Essen vor mir. Es ist nun wirklich deutlich, dass Essenmachen für ihn Beschäftigungstherapie war. Und ich nehme es ihm nicht übel. Die peinlichen Schweigepausen hängen wie große Gewitterwolken über unsern Köpfen. Warum eigentlich? Gestern haben wir endlos gequatscht. Gestern haben wir noch viel mehr gemacht. Aber jetzt. Jetzt ist es kalt, mein Kopf macht nicht mehr mit, ich habe einen Kater, ich will nach Hause, habe zu wenig geschlafen und weiß es einfach nicht mehr. Ich weiß nicht mehr, was ich mit ihm soll.

Aufgedreht gehen wir zu unseren Freunden. »Tschüss, liebe Leute, ich geh jetzt weg, ich hab einen Mottenmann gefunden. Ja, das kapiert ihr morgen, wenn ich euch anrufe, Küsschen, Küsschen, Leute.«

»Tschüss Kumpels, ich geh nach Hause.« Zum Glück brechen seine Freunde ihr Gejohle auf sein Zeichen hin schnell ab. Schwankend setze ich mich bei ihm auf den Gepäckträger. Ich lege die Hände um seine Hüften und kneife ihn da ab und zu verspielt rein. Ich plappere immer noch weiter. Er lacht und geht elegant auf meine Ausführungen über verkannte Tierarten ein.

Ungelenk zwänge ich mich in mein enges, wirklich unglaublich stinkendes Top. Ich bin froh, dass er gerade unter der Dusche ist. Es wäre natürlich nicht so gut, wenn er sehen könnte, wie ich mich umziehe. Als ich wieder aus dem Zimmer komme, steht er da, in einem Bademantel. »Also dann, tschüss«, sage ich.

»Ja, tschüss«, sagt er. Und begleitet mich zur Tür. Einen Moment lang zögern wir. Telefonnummern? sehe ich uns denken. Ja, warum eigentlich nicht. Rasch werden ein paar Zahlen in vollkommen willkürlicher Reihenfolge hingekritzelt. Wir stecken die kleinen, zerknitterten Zettel schnell ein. Ich sehe ihn an. »Also, dann tschüss«, sag ich.

»Ja, tschüss«, sagt er.

Ich gebe ihm die drei üblichen Küsschen. Und dann bin ich weg. Vielleicht sehe ich ihn nächste Woche wieder. Ich weiß genau, dass es dann wieder lustig wird.

All I want for X-Mas

Gedankenlos stecke ich mir meinen Stift in den Mund. Ich fange an, ein bisschen darauf herumzukauen, wodurch er einen leicht ekligen Geschmack abgibt. Ich starre auf meinen Kalender. Die Felder für die kommenden Tage sind gähnend leer. Ich werfe meinen Stift weg und greife zum Telefon. »Hi, Renske hier. Du, ich wollt dich mal was fragen, wegen Weihnachten. Was hältst du von einer ausgeflippten Party mit rotem Sekt und Abendklei …? Oh … natürlich, mit Thijs. Am Ersten bei deinen Eltern. Und am Zweiten natürlich bei seinen. Nee, klar, kein Problem, dann lass ich mir eben was anderes einfallen. Tschüss.« Meine Mutter kommt ins Zimmer. »Hallo Mama. Überraschung! Ich bin Weihnachten die ganze Zeit zu Hause.«

Ich stelle den Fernseher an. Sofort dröhnen die Synthesizer-Beats von Wham ins Zimmer. Trübselig starre ich auf den Clip im Fernsehen, in dem Jungs mit Pudelfrisuren lachend kichernde Mädchen mit dicken Schneebällen bewerfen. Der offene Kamin, die rosigen Gesichter, gemeinsam den Christbaum schmücken, der vielversprechende, schüchterne Blickkontakt: Alles absichtlich konstruiert, um mir meinen Mangel schonungslos vor Augen zu führen. Denn bald ist Weihnachten. Und ich habe keinen Freund.

Ich habe keinen Freund. Und das finde ich schlimm. Sehr schlimm. Die Welt schlägt mir die Liebe um die Ohren. Überall um mich herum sehe ich junges oder schon etwas reiferes Glück. Überall auf den Straßen sehe ich eng umschlungene Pärchen, die sich mit glänzenden Winteraugen liebevoll anlächeln. Sie kaufen Geschenke und löffeln gemeinsam Suppe. Die Parks quellen über von roten Wangen und blauen Nasen, die aneinandergedrückt werden. Von kalten Händen, die sich gegenseitig wärmen. Weihnachten macht mir das alles grausam bewusst.

Eigentlich fehlt mir schon sehr lange ein Freund. Es begann mit leeren Tagen, leeren Abenden. Dann wurde es echt ärgerlich, als mir bei solchen Dingen wie langweiligen Partys oder Familienfeiern der gute Begleiter fehlte. Und danach wollte ich einfach wieder jemanden, mit dem man morgens nackt im Bett Pizza essen konnte, für die normalen Dinge eben. Und jetzt über die Festtage ist es noch schlimmer. Denn ich würde am liebsten auch einfach meine Weihnachtssocke neben seine hängen, eine Rentiertorte backen und mir zusammen mit ihm ein Video mit einem prasselnden Kaminfeuer ansehen.

Und dafür hasse ich mich. Denn einerseits ist das ›Ich-brauche-einen-Freund-den-ich-mit-Schneebällen-bewerfen-kann‹-Weihnachtsgefühl von Wham einfach nur erbärmlich. Vor allem aber die Tatsache, einen Freund haben zu wollen, völlig inakzeptabel. Einen Freund haben zu wollen ist das letzte Tabu. Man will keinen Freund, man bekommt einfach einen, und zwar rein zufällig. Schließlich bin ich doch eine selbständige, selbstbewusste Frau von Welt. Man muss erst zufrieden mit sich selber sein, ehe man reif ist für eine Beziehung. Ich muss mit mir selber glücklich sein und es schön finden, mich ganz für mich allein zu haben. Ein happy Single eben. Und wenn ich dann so glücklich mit mir selbst bin, dann brauche ich auch keinen Freund. Ich brauche niemanden.

Leider funktioniert das nicht so. Ich will gerne wieder jemanden. Und das Ärgerliche ist, dass ich das Problem nicht lösen kann. So ist das eben, man nimmt sich keinen Freund, man bekommt einen. Es muss dir passieren. Du kannst ihn nicht suchen gehen. Und obwohl ich die Chancen etwas vergrößert habe, indem ich mich mit allem, was nicht niet- und nagelfest ist, verabredet und alle möglichen Jungs und Mädels ausprobiert habe, habe ich es nicht geschafft. Denn sich mit einem Jungen abfinden, der nicht der Richtige ist, geht ja auch nicht. Er muss schon unglaublich umwerfend, hinreißend gutaussehend und unbegreiflich brillant sein. Ich hatte nämlich schon mal einen Freund, der eigentlich ein bisschen langweilig war – okay, unausstehlich hässlich und hoffnungslos dumm –, und damals habe ich gemerkt, dass das keine Idealsituation ist. Das bringt meine schlechtesten Eigenschaften zum Vorschein. Meinen Spaß am Quälen zum Beispiel.

Während ich immer noch auf den Fernseher starre und mir allmählich bewusst wird, dass ich so langsam tiefere Gefühle für George Michael im Skianzug entwickele, bekomme ich einen Anruf. »He Renske, Ben hier. Sag mal, du bist doch auch gerade Single, oder? Hast du vielleicht Lust, am zweiten Weihnachtstag mit auf eine Party zu gehen? Wird bestimmt toll! Extra für Leute, die gerade solo sind. Da sind wir dann so richtig schön unter uns. Supergemütlich.«

Mit dem Hörer am Ohr starre ich betrübt auf den Fernseher. So fühlt es sich also an, wenn man im Reich der Liebe ganz unten angekommen ist. Wie eine Minderheit, eine bedrohte Spezies, wie Behinderte (korrigiere: ›romantisch Gehandicapte‹), wie einen Klub bemitleidenswerter Existenzen treibt man uns zusammen, damit wir es uns dann eben miteinander schön gemütlich machen. Alle in der Liebe oder im Leben Gescheiterten bitte mal herkommen! Verdammt. So will ich nicht enden.

Ich habe dann vielleicht keinen Freund, aber trotzdem noch ein Leben. Keinen Mann an meiner Seite, aber Freunde. Keine Pläne, aber trotzdem Chancen. Ich will nicht mit all den fremden Menschen zusammengesperrt werden, die bestimmt zu hässlich oder zu dumm für eine feste Beziehung sind. Seltsame Freaks, die einfach keinen Partner – dass man mit willkürlichen Buchstaben so ein schmutziges Wort bilden kann! – abbekommen können. Wirklich nicht. Da mache ich nicht mit, ich bin noch nicht abgeschrieben.

»Warte, ich muss mal eben in meinen Kalender gucken.« Und ich schaue in meinen Kalender. Ich tue es wirklich. Obwohl da noch vor fünf Minuten nichts drinstand. Und da die Telefongespräche mit all meinen fantastischen Freunden auch nicht viel gebracht haben– ihr wisst schon, die Freunde, die ich hatte, an Stelle des Mannes an meiner Seite. Und trotzdem schaue ich nach. Ich starre lange auf die leeren Felder und lasse die nackten Tatsachen auf mich wirken. »Zweiter Weihnachtsfeiertag, sagst du? Ja, da kann ich. Also eine Party für Singles?« Ich seufze tief und weiß jetzt: Ich gehöre doch dazu. Das ist also meine Sorte Menschen. Aber wer weiß, vielleicht finde ich ja doch noch jemanden.

DIY

*I*ch liege mit dem Kopf auf seinem Bauch. Sein halbschlaffer Schwanz liegt vor mir. Ich stupse ein bisschen daran herum. Erfreut stelle ich fest, dass das eine Reaktion hervorruft. Ich stupse noch mal. Aber während ich über mir leises Stöhnen höre, weiß ich: Die Zeit für fröhlich-unschuldiges Gestupse ist vorbei. Jetzt muss was passieren.

Unsicher verändere ich meine Lage auf seinem Bauch, während ich das Ding in die Hand nehme. Jetzt muss ich was tun. Ich beginne zögernd. Auf das Tempo achten. Auf Geschmeidigkeit achten. Darauf achten, dass ich selber ganz locker bleibe. Hilfe! Verwirrt versuche ich, das Mantra in meinem Kopf auf die Realität anzuwenden. Zögernd kneife ich etwas stärker. Als die Reaktion darauf hoffnungsvoll ist, kneife ich aus purer Freude noch etwas fester. Nicht so gut. Ich werde direkt abgestraft durch eine kleine aber deutliche Abnahme der Schwellung in bestimmten Gebieten. Das halbweiche Ding lässt sich jetzt biegen, was bedauerlicherweise auch passiert. Nicht so gut. Leicht in Panik fange ich an, fester zu rubbeln und kann den Schaden einigermaßen begrenzen. Erleichtert mache ich weiter.

Dann ein fataler Moment der Unaufmerksamkeit. Als meine Konzentration ganz kurz erschlafft (kein Wortspiel!), entwischt mir das Ding und flutscht mir aus den Fingern. Mit einem leisen Klatschen fällt es auf den Bauch zurück. Hastig schnappe ich es mir wieder, während ich verzweifelt versuche, Ruhe zu bewahren. Ich verschärfe meine Konzentration. Tempo, Rhythmus, Geschmeidigkeit. Bestimmte Zonen berühren. Druck verstärken und abnehmen lassen. Jetzt geht es gut. Denke ich. Es geht bergauf. Ich muss weitermachen. Ich kann es. Ermutigt durch die Laute über mir mache ich weiter und weiter ... bis ich von einem schrecklichen Krampf in meiner rechten Hand überfallen werde. Während ich hysterisch aufschreie, lasse ich los und kümmere mich um meine gepeinigte Hand. Dann sehe ich, welchen Schaden ich angerichtet habe. Ich biete noch an, es mit der anderen Hand zu tun. Aber das kann ich mir jetzt auch schenken.

Jemandem einen runterholen macht keinen Spaß. Es ist schrecklich. Man kann es einfach nie richtig machen. Du kämpfst nämlich gegen einen unschlagbaren Gegner. Ihn selbst. Er kann es viel besser. Logisch, er macht ja auch seit Jahren nichts anderes. Für uns ist es zu schwer. Die einzige Möglichkeit, um dahinterzukommen, wie er es gerne hätte, ist fragen, und das ist natürlich lächerlich. Bei jedem kläglichen Versuch, den wir unternehmen, summt es uns durch den Kopf: Wann kriegt er endlich seinen Lachanfall? Und ganz bestimmt wird er mit seinen Freunden darüber reden. Jemandem einen runterholen ist ungefähr das Gleiche wie Cher imitieren. Der Junge ist eine vierköpfige Jury. Seine Freunde: ganz Holland.

Niemand will schlecht sein im Bett. Schlecht sein im Bett ist ganz übel. Das bedeutet nämlich Versagen in punkto Talent, Attraktivität, Geschicklichkeit und Erfahrung. Also will ich damit aufhören. Ich will aufhören mit etwas, das mir überhaupt keine Befriedigung gibt, etwas, das zu schwierig ist, das nie richtig gewürdigt werden wird. Soll er es doch selber machen, wenn er es besser kann. Ich will gern neben ihm liegen, ihm ab und zu aufmunternd über den Kopf streicheln, ab und zu von meinem Buch aufblicken, um ihm mal eben so richtig erregt ins Ohr zu stöhnen, aber ansonsten halte ich mich da raus. Soll die Natur mal in aller Ruhe ihren Lauf nehmen.

Ich liege mit dem Kopf auf seiner Brust. Ich habe schon gemerkt, wenn ich zu fest in sein Ding reinpiekse, findet er das nicht so toll. Ich beschäftige mich nun mit der faszinierenden Trennlinie zwischen positiven und negativen Reaktionen. Aber er greift nach meiner Hand und gibt mir dezent seine Wünsche zu verstehen. Ich richte mich auf. »Nein«, sage ich. »Ich hab was beschlossen. Ich mach das nicht mehr. Es ist langweilig, anstrengend und schwierig, man muss eine Menge Regeln und Wünsche beachten, und außerdem ist da jemand in diesem Raum, der es viel besser kann. Also wenn du jetzt einfach mal selber Hand anlegst, dann lass ich währenddessen einfach die unglaublich sexuell befreite Frau raushängen, die ihrem Kerl keinen runterholen kann, okay?«

Er denkt kurz drüber nach. »Ja, einverstanden. Dann werde ich dich nachher total geil nicht fingern, okay?«

Ich sehe ihn ausgesprochen verärgert an. »Was ist das denn wieder für ein Männeremanzipationsquatsch? Natürlich wirst du mich *wohl* nachher total geil fingern.«

»Nö. Verstehst du, das hab ich nämlich immer schon superbescheuert gefunden. Da muss ich dann irgendwas mit den Fingern machen, keine Ahnung was und wo und wie, während ich eigentlich die ganze Zeit denke, ach Mädel, mach's doch einfach selber, dann spar ich mir eine Menge Stress. Also nix da.«

Jetzt bin ich an der Reihe, blöde vor mich hin zu starren. Langsam rufe ich mir die Situationen ins Gedächtnis zurück, in denen er mich gefingert hat. Langes Rumgefummle mit viel Gezwirbel und Gedrehe, um die richtigen Stellen zu finden, und viel heimlicher Frustration. Plötzlich beginne ich zu strahlen. »*Wow*. Ist dir klar, dass wir hier wirklich was gefunden haben? Eine echte Offenbarung, eine echte Entdeckung? Schatz, das ist das Romantischste, was wir jemals gemacht haben. Da wird mir gleich ganz heiß. Rutsch mal rüber, in einer Viertelstunde bin ich wieder ansprechbar. Und könntest du mir ab und zu ein bisschen ins Ohr stöhnen?«

Obermanipulatorin

Mit kühlem Kopf betrete ich den Raum. Kühl bedeutet, dass ich einen coolen Blick aufsetze und so tue, als ob die Wärme des Raumes keine Wirkung auf mich hätte. Als schöne Frau besitze ich nämlich keine Schweißdrüsen, ebenso wenig wie ich nie aufs Klo muss, höchstens mal um meinen Lippenstift nachzuziehen und mich in großen Spiegeln narzisstisch anzustarren.

Ich gehe zur Bar und bestelle mir ein Getränk, an dem ich ab und zu beiläufig nippe.

Und dann beginne ich zu observieren. Die große Disco, in der ich mich befinde, ist ein Geschäft, der Tanzboden das Schaufenster. Die Jungs, die dort stehen, tanzen und sich unterhalten, sind die Ware. Deswegen bin ich gekommen. Im Geiste gehe ich eine Checkliste durch. Mit meinen Anforderungen. Ich muss ein Produkt wählen, das zu mir passt, ein Exemplar, das dem entspricht, was ich in meinem Kopf habe. Und die Liste ist ziemlich lang.

Er muss groß sein, aber nicht schlaksig, gut aussehen, aber nicht à la Ken, fröhlich sein, aber nicht überdreht, intelligent, aber nicht abgehoben, selbstsicher, aber nicht arrogant, komisch, aber kein Klassenclown, selbständig, aber kein Einzelgänger, und außerdem sensibel und sozial, aber auf keinen Fall zu sehr. Das wär's so ungefähr.

Ich suche die Umgebung nach Typen ab, die rein äußerlich in Frage kommen. Schnell habe ich ein paar geortet. Ich kippe mein Getränk runter und gehe zu ihnen. Einen nach dem andern nehme ich sie unter die Lupe. Im Kopf mache ich Häkchen bei erzielten Punkten. Äußerlich bin ich lieb, flirte ich, werfe meine Haare zurück (superprimitiv, aber der Erfolg ist garantiert), lächle ich (obwohl ich in Gedanken schon einen dicken Strich durch ›komisch‹ gemacht habe) und mache witzige Bemerkungen. Innerlich berechne ich. Und ich treffe meine Wahl. Mann B entspricht beinahe allen meinen Anforderungen. Er ist richtig süß. Ich verabrede mich mit ihm.

Ich gehe mit Mann B durch den Park. Mit meiner allerniedlichsten Stimme frage ich, ob er mir ein Eis kauft. Es ist zwar 50 Grad unter Null, das macht sich aber gut für's Gesamtbild.

»Ein Eis? Aber du hast doch gerade erst dein Mittagessen auf.«

Ich schließe die Augen und bleibe kurz stehen. »Scha-atz? Sagst du das bitte nicht mehr? Man hat nicht was auf, man hat etwas auf*gegessen*. Sagst du das also bitte nicht mehr? Es klingt so hässlich. Und kannst du beim Gehen ein bisschen mehr die Füße heben? Du schlurfst so. Und wenn du so laut redest, dann hört dich jeder, das finde ich auch nicht so gut.« Und ich sehe ihn beschwörend an. Noch ein bisschen, und er ist perfekt.

Frauen sind Obermanipulatoren. Wir stecken voller Tricks, Kunststücke, krummer Logik und Pläne, nur weil wir unseren Willen kriegen wollen. Wir wollen alles und geben uns nicht mit weniger zufrieden. Unser Mann muss unseren Anforderungen entsprechen. Und falls nötig, schleifen wir noch etwas nach. Wir sind raffiniert, gewieft und hinterhältig. Wir machen uns die Welt genau so, wie wir sie haben wollen.

Mann B ruft an. »Liebling, ich kann heute nicht. Ich hab es völlig vergessen, aber ich muss mit ein paar Freunden essen gehen. Sorry.«

Ich bleibe kurz stumm. »Aber… das geht doch nicht? Ich wollte doch mit dir essen gehen.« Ich denke rasendschnell nach. Wie kann ich ihn packen? »Und es ist Freitag. Wir unternehmen doch jeden Freitag was zusammen?« Schwach, das weiß ich sofort, weil er auch genau weiß, dass das nicht stimmt.

»So eine Tradition haben wir doch gar nicht. Letzte Woche musstest du am Freitag zu deinen Freundinnen, weißt du noch?«

Mist. Dann muss ich ihn eben von dem Gedanken überzeugen, ich hätte wirklich geglaubt, dass wir uns verabredet hätten. »Aber … was soll ich dann machen? Ich dachte, wir würden was unternehmen, jetzt kann ich mich nicht mehr verabreden. Und macht es dir denn keinen Spaß, mit mir essen zu gehen?« Immer gut, die Tatsachen zu verdrehen.

»Nee, das ist es nicht, tut mir leid, aber du kannst doch noch jemand anrufen, oder?«

Weiter so. »Nein, jetzt nicht mehr, du sagst mir auch viel

zu spät Bescheid, was soll ich denn jetzt noch machen?« Noch ein bisschen Schuldgefühle und Vorwürfe.

Natürlich hatten zwei Freundinnen mich noch vor zwei Minuten gefragt, ob ich mitkommen wollte. Aber das ist jetzt völlig irrelevant. Ich probiere eine andere Masche. »Die Freunde, zu denen du da gehen willst, ist das eine Mädchen da auch dabei? Die du so süß gefunden hast? Gehst du dahin?« Jetzt weitermachen, ein bisschen Panik, eine Menge Unsicherheit dazu und ein Zittern in der Stimme für den Effekt. »Das ist es, stimmt's? Du gehst mit ihr essen! Und du tust so, als würdest du mit deinen Freunden ...« Ich breche ab, als könnte ich nicht mehr weitersprechen.

Er wird leider ein bisschen sauer. »Nein, wie kommst du denn darauf? Natürlich ist sie dabei, aber ich kenne sie schon seit ich zwei war.«

»Oh. Okay.« Als hätte ich gerade mein Todesurteil erhalten. »Na, dann viel Spaß. Mit ihr. Wenn du lieber bei ihr bist«, sage ich mit weinerlicher Stimme. Jetzt läuft es gut.

Ich höre ihn auf der anderen Seite seufzen. »Nein, nein, das ist es natürlich nicht. Natürlich will ich lieber bei dir sein.«

»Also«, sage ich mit ein klein bisschen Hoffnung in der Stimme, »wenn du das wirklich willst ...« Dann wieder deprimiert: »Ach, lass mal. Geh du ruhig zu ihr. Ich bleibe dann eben allein zu Hause.«

Er seufzt noch einmal. Ich höre die Verzweiflung eines Mannes in Not. »Also, Schatz ... ich kann echt nicht ... kannst du nicht jemand anrufen?«

Jetzt knallhart zuschlagen. Den Gnadenstoß geben. »Tja,

ich kann natürlich bei Koen (Ex! Ex! Ex!) vorbeigehen. Der freut sich bestimmt, wenn ich ihn besuche.« Das war's. Während ich auf der anderen Seite eine vielversprechende Stille höre, gratuliere ich mir.

»Hm … na ja, ich glaube, dass ich doch noch absagen kann. Sonst bist du so allein.«

Anale Phase

*L*angsam gehe ich durch das Zimmer meiner Freundin. Die stampft nebenan laut herum und ruft mir zu, dass sie nur noch den fiesen Rooibostee hat. »Ist gut«, rufe ich zurück, während ich ihren Schrank aufmache. Ich nehme einen Pulli heraus und halte ihn mir prüfend vor den Körper. Dann schnüffele ich noch kurz durch ihre Unterwäschenschublade, einfach weil es Spaß macht, in schönen Dessous zu wühlen. Weil mir das nötige Kleingeld fehlt und ich sowieso nicht einsehe, wozu Dessous gut sein sollen, besteht meine Unterwäschenschublade ausschließlich aus soliden, bequem sitzenden Mädchen-Boxershorts. Sie, mit ihrer vierjährigen Dauerbeziehung, hält Dessous allerdings für eine nützliche Investition.

Mit viel Seufzen und Stöhnen arbeite ich mich aus meinen engen Stiefeln und schmeiße mich aufs Doppelbett – vierjährige Dauerbeziehung.

Ich drehe mich auf die Seite, um eine Zeitschrift vom Nachttisch zu nehmen. Dann fällt mein Blick auf eine große Dose Vaseline, die gut sichtbar neben einer *Elle* und einem Lippenstift steht. Hmmm.

Ich drehe mich auf dem Bett um. Mit einem satanischen

Grinsen frage ich: »Roos? Wozu hast du denn da einen Fünf-Liter-Pott Vaseline neben deinem Bett stehen?«

Obwohl wir als Busenfreundinnen den Anspruch haben, völlig offen zueinander zu sein, und uns gerne voreinander umziehen – allein schon um zu zeigen, dass wir das können –, wird Roos ein bisschen rot. »Ja ... das ist ganz nützlich. Für bestimmte Praktiken. Auch wenn sich das jetzt so anhört, als würde ich nachts Leichen einbalsamieren. Nee, ich bin seit einiger Zeit schon äh ... mit ... miiiit ... Analsex zugange.«

»Arschficken, Roos! Arschficken!« Ich bin völlig verblüfft. Roos ist anständig, zivilisiert und ganz und gar nicht pervers.

Sie lässt sich auch aufs Bett fallen und stopft sich einen Keks in den hochroten Kopf. Mit vollem Mund sagt sie: »Ja, Rens, Arschficken. Nie geahnt, dass du in der Lage bist, so eine kindliche Begeisterung für derlei Dinge an den Tag zu legen.«

»Na ja, immerhin geht's hier ja auch um was Wichtiges. Ich hab das noch nie gemacht.« Ich rutsche vertraulich zu ihr rüber. »Und wie ist das? Ist das nicht unglaublich eklig? Und schrecklich peinlich? Und tut das nicht höllisch weh? Aber vielleicht ist es auch ganz anders? Spannend? Angenehm? Phänomenal? Eine himmlische Erfahrung?«

Sie schaut nachdenklich drein. »Tja, am Anfang ist es wirklich nicht so toll. Es tut tatsächlich ziemlich weh und fühlt sich irgendwie verkehrt an. Ein bisschen umgedreht. Normalerweise muss da nämlich was raus, verstehst du? Es fühlt sich an, als ob da die ganze Zeit ganz dringend eine Riesenwurst rausmuss.« Wir lachen.

Ich kaue langsam auf meinem Keks, mir ist doch ein bisschen schlecht. Ich sporne Roos an. »Und, wie ist es jetzt?«

»Nach dem ersten Mal haben wir's nicht mehr so oft getan. Aber für ihn ist es wahnsinnig angenehm, verstehst du? Er will nicht, dass ich etwas mache was mir nicht gefällt, aber er will es eigentlich doch supergerne. Und jetzt machen wir es noch ab und zu.«

»Und habt ihr dann auch Codes? Wie gibt man an, dass man es will? Mit einem vielsagenden Kniff in den Hintern? Mit einem Blick? Einem festen Griff ans Knie?«

»Meistens geht es ganz allmählich. Meistens sind wir schon in der Hündchenstellung, und dann probiert er einfach ganz vorsichtig, ob ich es okay finde. Aber weißt du, was?« Sie guckt mich an. »Ich finde es jetzt auch richtig angenehm. Erst muss man irgendwo durch, sozusagen, eine Art Grenze. Und danach ... dann ist es echt anders. Alle Nervenenden ...« Sie wird ganz träumerisch, als würde sie von sonnenüberfluteten Stränden sprechen.

Ja, das hört man immer wieder. Die Nervenenden. Aber man kriegt doch auch keinen Orgasmus, wenn man auf dem Klo sitzt?

Es hat mich nie gereizt. Ich habe es eigentlich immer unheimlich, dreckig, unappetitlich und ehrlich gesagt ziemlich abstoßend gefunden. Ich will sowieso lieber nichts mit diesem Teil meines Körpers zu tun haben. Aber da muss doch was dran sein? Wieso gehen so viele Menschen doch über die Grenze? Und die Nachteile sind doch überdeutlich: Es ist schmutzig, im Grunde – bei allem Respekt vor den Schwulen – unnatürlich und schmerzhaft. Was ist daran eigentlich so fantastisch? Wieso liegt es schon auf der Grenze zum Perversen, aber letztendlich doch noch im Bereich der zivilisierten Welt?

Nachdem ich mich in meiner näheren Umgebung etwas erkundigt habe, komme ich immer mehr zu dem Schluss, dass Analsex keineswegs ein heimliches, schräges Vergnügen einer kleinen Minderheit ist, sondern ein weit verbreitetes, vollkommen akzeptiertes Phänomen. Auf einmal scheint jeder schon einmal von den Früchten der analen Freuden gekostet zu haben. Von allen Seiten werde ich damit bedrängt. Eine Frau in meinem Freundeskreis hat sogar eine bizarre Abmachung mit ihrem Freund getroffen: Solange er verreist ist, darf sie mit anderen Männern Sex haben, aber nicht anal, weil sie das so toll findet, dass es etwas Besonderes für sie beide bleiben soll. Erst wenn sie diese Abmachung bricht, würde sie wirklich fremdgehen. Und die Witze erst! Wie kann man eine Frau zweimal zum Schreien bringen? ›Nimm sie erst überraschend von hinten und wisch dir danach den Schwanz an ihrer Gardine ab.‹ Langsam komme ich ins Grübeln. Verpasse ich etwas? Entgeht mir da vielleicht doch wirklich was?

Ich beschließe, dass ich das nicht hinnehmen kann. Ich bin schließlich immer noch eine selbstbewusste, unabhängige Frau von Welt, und mir gefällt es gar nicht, wenn andere Menschen Geheimnisse haben, die ich nicht kapiere.

Also versuche ich es auch. Bei einer wüsten Nummer im

Bett gebe ich an, dass (Hilfe, Hilfe, ich will nicht) er da mal was ausprobieren soll. Der Junge guckt erregt, ein schriller Kontrast zu meinem von Panik verzerrten Gesicht – und beginnt mit dem Manöver. Sobald ich es spüre, ist ein Ding sehr deutlich. Dieses DING. Jetzt. Raus. Aber sofort. Es fühlt sich an, als würde ich in der Mitte gespalten. Als ob jemand mit einem glühenden Schürhaken in mir herumstochert. Als ob jemand versucht, eine 2,5-Liter-Colaflasche in mich hineinzustecken. Nicht gut. Überhaupt nicht gut.

Während ich überlege, ob ich einen Anschlag auf das Gesicht des Jungen, der mich gerade eben so brutal angefallen hat, verüben oder mich in eine Ecke zurückziehen soll, um dort meinen misshandelten Hintern zu pflegen, liege ich japsend auf dem Rücken. Aber jetzt weiß ich es wenigstens.

Ich kapiere die alle nicht. Irgendwas fehlt mir. Anscheinend bin ich von einer anderen Spezies. Ich bin die letzte Nicht-Arschfickerin.

What men want

*I*ch finde es toll, Freunde zu haben. Und weil es zwischen mir und meinem eigenen Geschlecht noch immer nicht so gut läuft, sind die meisten meiner Freunde Jungs. Und darüber bin ich froh. Jungs sind im Allgemeinen etwas umgänglicher, freundlicher und hilfsbereiter. Und Hilfe kann ich oft gut gebrauchen, denn in meiner klischeehaften Mädchenexistenz denke ich, dass Elektrizität etwas ist, das Gott erfunden hat (soll heißen: Ist mir ein totales Rätsel), sind Fahrräder für mich wundersame Maschinen, die mir wie einem kleinen Kind die Sprache verschlagen, und irgendetwas reparieren *kommt für mich schlichtweg nicht in Frage*: kaputt ist kaputt. Wie eine Tür, die aus einem Schrank herausfällt. Für so einen Fall habe ich mich vorsorglich schon bestens angepasst: Ohne die Tür sieht man nämlich sehr gut, was da eigentlich alles im Schrank ist, und das ist auch ganz praktisch.

Aber manchmal hat man Hilfe nötig. Jammernd hänge ich am Telefon, um als echte *damsel in distress* meinen Retter aufzufordern, gefälligst angetrabt zu kommen und dem Übel abzuhelfen.

Ich dachte immer, das sei Freundschaft. So was Ähnliches wie Geschwisterliebe. Aber als ich einmal voller Stolz irgendeinem Mistkerl – der zufälligerweise auch die Rolle eines meiner besten Freunde spielt – erzählte, dass ich so 'ne tolle Website gemacht hätte, will heißen, dass ich neben einem Freund von mir gesessen hatte, der so 'ne tolle Website für mich gemacht hatte, fing er an zu lachen. So unschuldig wie ein frischgeschlüpftes Küken fragte ich ihn, was denn daran so komisch sei.

»Ach nichts, du bist einfach nur so wahnsinnig naiv.«

Als coole, energische Frau von Welt (die glaubt, dass *Jerry Springer* echt ist) lasse ich so was natürlich nicht auf mir sitzen und frage kleinlaut: »Ooch ... wieso?«

Er lacht noch einmal, fährt dann aber ernst fort. »Na ja, du glaubst, dass all diese Jungs deine Freunde sind und so, aber natürlich wollen sie alle nur mit dir ins Bett. Darum geben sie sich so viel Mühe.«

Wie eine Katze, die gerade einen völlig unerwarteten Klaps auf die Nase bekommen hat, bin ich kurz still. Dann werde ich wütend. »Was soll das denn heißen, verdammt noch mal? Dass all die Leute gar nicht wirklich meine Freunde sind? Weißt du, was das für ein Unsinn ist? Und wie du mich damit beleidigst?«

Anstatt einzulenken, was ich eigentlich erwarte und verlange, geht er sogar noch ein Stück weiter. »Pass auf, richtige Freundinnen in dem Sinne haben wir Männer eigentlich gar nicht.« Er hört mich wütend schnauben und fährt hastig fort. »Gaaanz selten vielleicht schon, aber im Allgemeinen will ein Typ mit einer Frau, mit der er sich verabredet hat, dann auch ins Bett. Wenn er in der Disco eine nette

Frau sieht, dann quatscht er sie an. Wenn sie ihm dann erzählt, dass sie einen Freund hat, aber trotzdem einfach gerne mit ihm befreundet sein möchte, ist er weg wie nix, weil er weiß, dass Vögeln dann nicht drin ist. Ist da aber doch noch eine kleine Chance, oder besser: eine große, dann wird er sich wieder mit ihr verabreden. Und zwischendurch sich ordentlich ins Zeug legen. Zum Beispiel solche Sachen machen wie... Websites bauen.«

Mir bleibt die Spucke weg. »Aber ... und wir beide dann?«

»Wir sind Exe, also haben wir die Chance gehabt, etwas aufzubauen. Als es vorbei war zwischen uns, ist das dann geblieben. Pass auf, Jungs sind auch nicht nur *brainless fuckmachines*. Wenn sie kapieren, dass sie da eine schöne, platonische Beziehung haben, werden sie die vielleicht wegen Sex nicht mehr aufs Spiel setzen wollen. Oder die Freundschaft ist wirklich das Vorherrschende. Aber im Allgemeinen kalkulieren wir. Wie viel Prozent Chance auf Sex? Und arbeiten dann darauf hin.«

»A–aber, man braucht doch auch Frauen in seinem Freundeskreis, allein schon wegen der Abwechslung?«

»Ach, ich hab doch schon Freunde. Das sind meine Kumpels. Da kann eine Frau sowieso nie dazugehören. Frauen sind einfach stressiger. Und die paar weiblichen Freunde, die ich habe, dich und ein paar Freundinnen von Freunden, die reichen mir. Wenn ich jetzt eine Frau anspreche, dann ist das echt wegen Sex, nicht weil ich mich mit ihr anfreunden will.« Er lächelt schlitzohrig. Ich kann nicht mitlächeln.

Diese Theorie, dieser Gedanke, dieses Hirngespinst ist

ein Schrecken für meine Existenz. Alles, was mich umgibt, ist also falsch und verkehrt. Nicht wirklich. Das kann nicht wahr sein. Es kann einfach nicht wahr sein, dass alle meine Freunde nicht wirklich meine Freunde sind, sondern bloß irgendwelche geilen Wesen, die Freundlichkeit vortäuschen, nur um einmal in meinem Bett zu landen. Allgemeiner gesagt: Es kann einfach nicht wahr sein, dass alle Männer so denken. Ich kann nicht glauben, dass Jungs Frauen echt nur als eine Art Aufblaspuppe sehen, die zufälligerweise aus Fleisch und Blut ist und als kleines Extra auch noch eine Zunge hat, die sich bewegt. Und dass für sie der einzige Nutzen von Frauen darin besteht, dass sie etwas sind, mit dem sie es tun können. Sich einfach nur unterhalten, das reicht ihnen nie. Dass kann ich nicht glauben, und das glaube ich auch einfach nicht.

Aber was noch schlimmer ist: Es ist tatsächlich so. Wenn ich acht Wochen hintereinander keine Einladung Richtung Schlafzimmer ausspreche, dann merke ich, dass drei Viertel meiner Freunde langsam abspringen. Doch andererseits sind einige schon ziemlich lange dabei. Oder vielleicht bin ich aus Versehen zu ermutigend. Vielleicht flirte ich zu viel mit ihnen – ich persönlich bin ja der Meinung, dass mit Freunden flirten eine überaus kurzweilige und angenehme Beschäftigung ist. Sollte das der Grund sein, warum sie bei mir hängen geblieben sind?

Kann es wirklich sein, dass meine männlichen Freunde, meine Testosteronbuddys, mein Homeboys, meine Männer, nur meine Freunde sind, weil sie denken, dass bei mir was zu holen ist? Muss ich es also immer gleich am Anfang deutlich sagen? Mir ein Schild umhängen mit der Aufschrift: Keine Selbstbedienung, nur platonische Freundschaft erwünscht?

Das ist doch das Letzte. Ich finde, so geht das nicht. Also tue ich das, was in diesem Fall das Angenehmste ist: Ich beschließe, dass es nicht wahr ist und ignoriere es. Lang lebe die Leugnungsphase.

Dreier

*I*ch liege schwitzend auf einem Handtuch und inspiziere meinen Bauch. Mit einem Seufzer drehe ich mich um – sehr effektiv: Bauch weg – und fange an, meinem Freund neben mir eine endlose Geschichte zu erzählen. Wir liegen am Strand in Blijburg und versuchen verzweifelt, die letzten Reste Sonne zu erwischen.

Auf einmal schreit der Freund neben mir hysterisch los und fängt an, wild mit den Armen zu rudern.

»Was ist denn los?«, zische ich.

»Die kenn ich«, ruft er aufgeregt.

Also, die Tatsache, dass man manchmal Menschen kennt, kann ich akzeptieren. Aber wieso Leute sich wie eine Bande von Idioten aufführen, wenn zufälligerweise an einem nicht gar so ausgefallenen Ort doch mal unvermutet jemand vorbeikommt, den man nicht mitgebracht hat, das kapiere ich nicht. Überhaupt nicht begeistert von der Idee, dass die Leute jetzt vielleicht zu uns rüberkommen, versuche ich, meinen Gefährten feste in die Seite zu kneifen. Die Aktion hat einigen Erfolg, und er sackt auf sein Handtuch zurück, aber das Unheil ist schon angerichtet. Sie kommen langsam aber sicher auf uns zu.

Zwischen all den Handtüchern mit menschlichem Fleisch winken sie lässig zu uns rüber. O Gott, denke ich, jetzt sind die auch noch hip und gutaussehend und sich dessen obendrein bewusst. Und ich habe einen verschlissenen Bikini mit extra viel Bauch an. Geht weg! Aber sie setzen sich neben uns und gehen nicht mehr weg. Aber ich lasse mich davon nicht unterkriegen und drehe mich nach zwei Stunden in der ›Mit-dem-Rücken-zu-den-andern-Position‹ auch mal um und beteilige mich am Gespräch. Und wie sich herausstellt, sind sie natürlich supernett, ein schönes, junges Paar, und wir verbringen den Rest des Tages gemeinsam. Als es Abend und etwas kühler wird, gehen wir mit seinen Freunden in eine Strandkneipe. Gestärkt durch diesen neuen Freundschaftspakt fangen wir an, uns volllaufen zu lassen. Nach einer Weile fällt das erste Opfer: Der Freund, mit dem ich gekommen bin, schläft an unserem Tisch ein. Wahnsinnig gemütlich natürlich, aber wir gehen dann doch mal lieber.

Und dann sind wir plötzlich zu dritt. Wir gucken uns ein bisschen tranig an, aber die Stimmung schlägt sofort um. Es hängt Erwartung in der Luft. Als sie beschließen, nach Hause zu gehen, gehe ich automatisch mit. Und als sie sich aufs Fahrrad schwingen, radle ich neben ihnen her. Bei sich zu Hause angekommen, gehen sie rein. Ich mit.

Dann geht alles plötzlich ganz schnell. Kaum sind wir eine Minute da, sind wir, ich und der Typ, schon dabei, uns zu küssen. Ich strecke wild fuchtelnd den Arm aus und greife nach der Frau. Hastig steuern wir, halb aufeinanderhängend, das Schlafzimmer an. Wir fallen aufs Bett und reißen uns gegenseitig die Kleider vom Leib. Ich küsse die Frau, sie küsst den Typen, und der Typ küsst mich. Das geht alles sehr gut. Eigentlich ganz gesittet, immer abwechselnd. Aber dann muss echt was passieren. Und das scheint doch ziemlich schwierig zu sein, logistisch gesehen. Was ist mit den drei Paar Händen, die sich im Bett befinden? Wer tut was mit wem? Was soll ich tun? Die logistische Lösung war schmerzlich: Da ist immer einer, der eigentlich nicht so viel tun kann. Der ›Rückenstreichler‹.

Ein Dreier wirft viele Fragen auf. Nicht nur ist es im *moment suprême* eine ziemliche Tüftelei, bei einem Dreier mit einem Paar gibt es auch noch einen bestimmten Verhaltenskodex. Aber das ist ein ungeschriebenes Gesetz. Ein unbesprochenes Gesetz. Denn was ist erlaubt und was nicht? Ist bei der Frau alles erlaubt? Oder findet der Mann das nicht so toll? Und der Mann, darf der bei der fremden Frau alles tun? Eindringen? Noch andere Sachen? Und das Problematische ist, dass vorher nie drüber geredet wird. Es findet nie eine Vorbesprechung statt, so eine freimütige und nüchterne Aussprache über die Regeln. Niemand wird sich zu dritt kurz mal an den Tisch setzen, um einen Vorschlag zu machen, den die anderen Teilnehmer dann klinisch kühl unterschreiben. Und deswegen bleibt da immer eine Grauzone. Und als Fremdkörper im Bett ist man der Angeschmierte.

Am nächsten Morgen wache ich nackt auf. Neben mir liegt der Typ. Die Frau ist nicht da. Es ist warm, und ich habe Kopf- und Halsschmerzen. Noch halb betrunken versuche ich, mich daran zu erinnern, was alles passiert ist. Ich würde darüber eigentlich gerne reden und stoße den Typen an. Er macht die Augen auf. Mit einer gekonnten Bewegung rollt er auf mich drauf. Ich bin verblüfft, doch angenehm überrascht. Dann kommt jemand die Treppe hoch. Er erstarrt vor Schreck, hört sofort auf und flüstert mir zu: »Nichts sagen, okay?«

Die Frau kommt mit einer Tasse Tee rein und guckt ein bisschen misstrauisch zu uns rüber. Plötzlich fühle ich mich fremd. Erst dann begreife ich, dass unser alternativer Schluss vielleicht doch nicht das Richtige war. Mit meiner Stadtblondinenlogik nahm ich an, dass es, wenn es gestern gegangen ist, jetzt auch geht. Ich werfe einen Blick zu der Frau und dem Typ hin und fühle mich beschissen.

Ich bin ein Gast, habe aber keine Ahnung, ob ich noch willkommen bin bei meinem flüchtigen Besuch in dieser Beziehung. Und die Frau, fand sie es schön? Ich habe keine Ahnung. Aber seit sie mit der Tasse Tee hereingekommen ist und der Typ und ich anscheinend den ungeschriebenen Dreierpakt gebrochen haben, können wir nicht mehr darüber reden.

Aber sie werden natürlich darüber reden. Und sie halten zusammen. Also sind sie stark. Und alles, was sie an der Nacht nicht so toll fanden, werden sie auf mich schieben. Und sie werden zusammen über mich reden. Sie werden mich kritisieren. Mich auslachen. Jahrelang Witze über mich machen. Ich werde einen Codenamen bekommen: R. aus U., alias »das Nilpferd« oder so.

Es gibt also eigentlich nur eine Lösung für einen guten Dreier: Ich muss der Boss sein. Ich muss die stärkste Position haben. Ich muss der Mittelpunkt sein. Ich will nie wieder der Gast für eine Nacht in einer Beziehung sein. In Zukunft werde ich Dreier nach meinen eigenen Regeln veranstalten.

Schmonzette

Rachelle seufzt tief und fächert sich mit ihrer kleinen, schmalen Hand frische Luft zu. Die andere, lieblich geformte Hand greift nach ihrer braunen Lockenpracht, die ihr schwer auf den zierlichen Schultern liegt, und bindet sie zu einem lockeren, lässigen Knoten zusammen. Ihr zarter, weißer Hals bekommt jetzt wieder etwas Kühlung.

Sie geht graziös zur Bar und bestellt mit ihrer melodischen Stimme etwas zu trinken. Einen Wein, denn Bier findet sie widerlich und ordinär. Sie überlegt einen Moment und ihr wird klar, dass dies schon ihr zehnter Wein an diesem Abend ist. Während sie auf den Wein wartet, streicht sie sich eine widerspenstige Locke aus der Stirn. Sie blickt an sich herab. Sie ist noch immer zufrieden mit dem Outfit, das sie ausgewählt hat: Ihr kurzer Plisseerock und ihre stilvollen Highheels bringen ihren schlanken Körper bestens zur Geltung.

Mit ihrem Glas Wein stellt sie sich an den Rand der Tanzfläche. Die grellen Lampen beleuchten in rhythmischen Abständen ihr feingeschnittenes Gesicht, ihre hohe Stirn, ihre kleine, freche Nase, ihre vollen Lippen, ihre Grübchen und ihre kleinen Ohren, die wie kleine weiße Muscheln aussehen. Vorsichtig macht sie einige geschmeidige Bewegungen Richtung Tanzfläche. Als sie im Rhythmus ist, schließt sie die Augen, so dass ihre langen Wimpern auf ihren weichen Wangen ruhen, und genießt die Musik.

Plötzlich stößt jemand sie an. Ihr Wein wird verschüttet, und Rachelle öffnet blitzschnell die Augen. Temperamentvoll wie ein arabisches Vollblut schimpft sie los: »Kannst du nicht aufpassen? Siehst du denn nicht, dass ich hier stehe?« Rachelle ist klein, aber wild wie eine Raubkatze. Sie ballt die Fäuste und schiebt die runden, festen Brüste vor, um sich größer zu machen.

»Sorry«, entschuldigt sich derjenige, der sie so ungeschickt und grob angestoßen hat. »Natürlich habe ich dich gesehen, wie sollte man dich denn übersehen können?«, sagt er, erholt sich rasch und lacht kurz. Dann erst betrachtet Rachelle den Mann, der sie so brutal gestört hat.

Er ist groß und gutaussehend und hat dunkelbraune Haare. Seine Jeans sitzen ihm locker um die kräftigen Oberschenkel und seinen, wie ihr sofort auffällt, schön geformten Hintern. Er hat ein strahlendweißes Hemd an, unter dem sich seine Brustmuskeln abzeichnen. Seine Augen haben ein geheimnisvolles Grün, seine Pupillen sind groß und schwarz. Seine Nase ist gerade und sein Mund lächelt schalkhaft. Er hat die Ausstrahlung eines jungen Hundes, aber seine Augen verraten seine männliche Arroganz und Kraft. Dieser Mann ist gewohnt zu bekommen, was er will. Rachelle kriegt sofort weiche Knie. »Oh«, stammelt sie. Der Wein lässt ihr hübsches Köpfchen brummen. Mit einem Schlag verspürt sie eine derart heftige Lust auf ihn, dass ihr schwindlig wird. Auf einmal fühlt sie sich schwer, der Magen zieht sich ihr zusammen und ihr wird schwarz vor Augen. Sie läuft weg.

In der Toilette sieht sie sich an. Sie sieht Augen, die Angst davor haben, was ihr Körper gerade gefühlt hat. Vor der Welle der Lust, die ihren Körper erbarmungslos überspült hat. Mit zitternder Hand spritzt sie sich kaltes Wasser auf die weichen Wangen. »Was ist los mit mir?«, murmelt sie ihrem bleichen Spiegelbild leise zu. Aber als sie an gerade eben zurückdenkt, flammt die Hitze wieder zwischen ihren Beinen auf. Schnell sprenkelt sie noch etwas Wasser auf die warme Haut zwischen ihren Brüsten und verlässt dann wieder die Toilette.

Noch zitternd klammert sie sich an den Rand der Bar, wie eine Schiffbrüchige, und setzt sich einsam auf einen Barhocker. Sie streicht ihren Rock glatt und macht mit einer charmanten Geste den Barkeeper auf sich aufmerksam. Niedergeschlagen trinkt sie ihren Wein. Ihre großen blauen Augen füllen sich langsam mit Tränen, als sie an den Moment denkt, in dem sie davonlief. Was soll er bloß von mir denken? Und was will ich eigentlich?, geht es ihr durch den Kopf. Sie bezahlt und geht den Gang entlang zum Ausgang, um mit ihrem Kummer allein zu sein.

Plötzlich spürt sie eine warme Hand auf ihrem Mund. »Nicht schreien«, flüstert ihr eine heisere Stimme ins Ohr. Ein starker Körper zieht sie mit sich, ein Stück den Korridor entlang, wo niemand vorbeikommt. Dann hebt er sie hoch und nimmt sie in die Arme. Die Wärme seiner starken Arme umfasst sie, und endlich schlägt sie ihre glänzenden, klaren Augen auf. Er ist es. Sie fühlt sich vollkommen sicher und öffnet den Mund, um seinen Kuss zu erwidern. Er setzt sie vorsichtig auf den Boden und streichelt ihre schmalen Schultern. Das Liebesfeuer entflammt sofort in ihr. Sie verlangt heftig nach ihm. Dann lässt sie all ihren Widerstand fahren. Mit einem Seufzer schließt sie die Augen und lehnt sich gegen die Wand.

Sie spürt, wie er sie hastig auszieht und gierig ihre Brüste anfasst. Seine muskulösen Daumen umkreisen ihre Brustwarzen. Ihre Arme fühlen sich schlaff an, während er sie noch etwas kräftiger gegen die Wand drückt. Seine Kraft macht sie schwach, sie kann nichts tun, sie ist diesem Mann völlig ausgeliefert. Und sie will es auch nicht anders.

Sie fühlt seine Männlichkeit gegen sie drücken, zwingend, fordernd. Sie öffnet die Augen und sieht, wie er langsam seine Hose aufknöpft. Dann betrachtet sie seinen stolz erhobenen violetten Speer, der im Begriff ist, dunkle Gebiete zu erkunden. Er stößt ihn treffsicher in die Richtung ihrer Liebesgrotte. Langsam sieht sie seinen stolzen Krieger in ihrer intimsten Stelle verschwinden, dort, wo es warm und feucht ist. Er ist groß und überwältigend, und sie hält den Atem an, als er in sie eindringt. In ihrem Kopf sieht sie tausend Sterne. Sie hört knallendes Feuerwerk und die schönsten Melodien.

Sie kann ein Stöhnen nicht unterdrücken und presst sich noch fester an ihn. Ein Schweißtropfen perlt auf seiner Stirn und gleitet wie eine glatte Schlange herab. Er steigert das Tempo. Die Hitze ist jetzt überall um ihn herum. Sie wird davon verschlungen. Ihre Hände wühlen fieberhaft durch seine Haare, während er sich kraftvoll und rhythmisch in ihr bewegt. Sie krallt ihm ihre rosa Nägel in den Rücken und kneift die Augen zusammen. Sie hat das Gefühl, als würden sie gemeinsam dem Himmel entgegenreiten, wie auf einem muskulösen Pferd, dessen Mähne im Wind weht. Sie weiß, dass sie beide kurz vor dem Höhepunkt sind. Seine Haut ist jetzt nass von Schweiß und reibt heiß gegen ihre. Es beängstigt sie beinahe, mit welcher Schnelligkeit, mit welcher Wucht sie jetzt zusammen dahinrasen. Dann stößt er einen unterdrückten Schrei aus. Im selben Moment fühlt sie, wie sich ihr Unterleib zusammenzieht, und dann explodiert das Weltall vor ihren Augen.

Noch nachbebend drückt sie sich in seine Arme und vergräbt das Gesicht in seinen Nacken. Ihre dicken Locken fächern sich über ihren schlanken Rücken aus. Sanft streichelt er ihr schönes Haar. Dann hebt sie das Gesicht zu ihm hoch. Ihre prächtigen Augen sprechen Bände. Eine einsame Träne findet ihren Weg über ihre geröteten Wangen. Ihre dampfenden Lippen bitten um einen Kuss. Er küsst sie zärtlich.

»Telefonnummern austauschen?«, fragt sie leise.

Der Freund meines Freundes

*I*ch bin aufgeregt. Nervös ziehe ich meinen Pulli glatt – nicht zu langweilig, nicht zu gewagt –, obwohl keine Unebenheit zu sehen war. Ich steige ins Auto, wo ich klischeehaft meine achtzigste Zigarette anstecke. Dann verfalle ich in einen uferlosen Monolog, in dem ich auf -zig verschiedene Arten meine Schwächen aufzähle. Mein Freund – noch ganz frisch und mit Auto – lacht und versucht, mich zu beruhigen. Jetzt probiert er es noch. Die Erfahrung lehrt aber, dass sich die Toleranz gegenüber uferlosen Monologen ziemlich schnell abnutzt.

»Bestimmt nicht. Sie finden dich bestimmt alle nett. Ich find dich doch auch nett, oder? Und es sind doch meine Freunde?«

Ich finde, diese Logik wackelt an allen Ecken und Enden. Und mein Gejammer schwillt immer mehr an, je näher wir dem Ort des Unheils kommen: einer Geburtstagsparty. Proppevoll mit seinen Freunden. Also meinen neuen besten Freunden.

Nach einer endlosen Vorstellungsrunde setze ich mich und probiere, knallhart unterhaltsam zu sein. Zum Glück wird es mir nicht allzu schwer gemacht. Natürlich sind seine

Freunde nett. Es sind immerhin seine Freunde, und ich finde ihn doch auch nett, oder? Felsenfeste Logik.

Ich rede und trinke und lache und amüsiere mich gut. Und was außerdem von Vorteil ist: Viele seiner Freunde sind Jungs. Damit kann ich mich anfreunden. Es sind nette Jungs. Echt amüsante, nette Jungs. Sehr nette Jungs. Habe ich das schon gesagt? Aber seine Freunde, natürlich.

In den folgenden Monaten treffen wir uns immer öfter mit seinen Freunden. Denn das sind jetzt einfach auch meine Freunde, logisch. Nach jedem Treffen kenne ich sie wieder ein bisschen besser, finde ich sie noch netter, sind es noch bessere Freunde geworden.

Natürlich hab ich auch einen Lieblingsfreund. Den allernettesten von den Jungs, den allerbesten Freund. Und es ist richtig lustig zusammen, alles so freundschaftlich, da ist ein bisschen Flirten schon drin. Du redest, du trinkst, du lachst und amüsierst dich gut. In einem flachsigen Ton machst du ein paar anzügliche Witze. Mit einem herausfordernden Ton gehst du ein kleines Stück zu weit. Völlig unschuldig. Es sind doch nur Freunde. Und du gehst ja mit demselben wieder weg, mit dem du gekommen bist. Weil das der netteste ist. Oder?

Auf einmal wollte ich unbedingt auf jede Geburtstagsparty. Meine Klamotten hatten sich verändert, von dezent zu gewagt. Der Lieblingsfreund von meinem Freund befand sich da schon auf meiner Kurzwahlliste. Er hatte schon meine Eltern kennengelernt und ich seine. Mit Mühe verbarg ich mein zunehmendes Interesse für eine inzwischen schon sehr ins Auge fallende, ganz normale Freundschaft. Eine gesunde Freundschaft, in der zufällig beide Seiten leidenschaftlich daran interessiert waren, über das Sexualleben des anderen zu plaudern (wohlgemerkt: in der Zeit, bevor ich die ›Freundin von‹ wurde). Und die auf ganz normale Weise bestens per Körpersprache kommunizierten. Ich finde es einfach schön, Menschen mal eben so anzufassen. Wir fanden einander einfach sehr, sehr nett. Aber abends habe ich mich dann schon öfter mal gefragt: Was ist das jetzt eigentlich?

Denn meine Hingabe für diese Freundschaft war nicht normal. Er war der beste Freund von meinem Freund. Er war verbotenes Gebiet. Daher attraktiver als, sagen wir, der Weltfriede. Dadurch, dass er mir so nahe war, dass ich ihn so gut kennengelernt hatte – aber dann nur seine guten Seiten und nie seine schlechten –, und durch seinen Status als verbotene Frucht – was ihm in verzierten, fettgedruckten, kursiven Riesenbuchstaben auf der Stirn geschrieben stand – war er die personifizierte Tantalusqual. Das Briebrötchen für den hungernden Afrikaner. Der Breezer für die ausgetrocknete Discotussi. Das Pornoblatt für die Nonne.

Das ging nicht, das ging wirklich nicht. Wirklich. Nicht. Und ich wusste nicht einmal sicher, ob ich es überhaupt wollte. War er wirklich so nett? Die Situation objektiv betrachten war nicht mehr drin. Ich wusste, dass ich meinen Freund liebte, aber war das denn möglich, wenn ich eventuell in seinen besten Freund verliebt war? Ich war mir beinahe sicher, dass die Gefühle, die ich für ihn empfand, durch Vorstellung, Status und Rolle bestimmt wurden. Ich fühlte mich zu ihm hingezogen, er war süß und unerreichbar, und es war verboten. Und ich hatte natürlich nie mit ihm darüber geredet.

Mir blieb nichts anderes übrig, als zu rationalisieren. Mir klarzumachen, dass so was wahrscheinlich öfter passiert, dass es ein fataler psychologischer Effekt war und dass rein gar nichts mit ihm selber zu tun hatte. Dass man es einfach ignorieren musste. Dass man schließlich Menschen nicht einfach so mal umtauschen kann, den Neuen für zehn Tage ausprobieren und, falls der einem nicht gefällt, wieder zum alten Freund zurückgehen.

Die Monate danach ging ich dann nicht mehr so oft zu Geburtstagspartys. Lieber lud ich meinen Freund bei mir zu Hause ein, um übersentimental miteinander zu verschmelzen. Und danach ging ich doch wieder auf Geburtstagspartys. Der Freund von meinem Freund sagte, er habe mich vermisst. Einfach so. Rein freundschaftlich.

Fatal

*I*ch liege ausgestreckt auf dem Sofa und gucke *As The World Turns*, das Einzige in meinem Leben, was mir Trost und Stütze ist, mein einziger echter Freund. Ich löffle langsam einen großen Becher unglaublich gesunden Joghurt in mich hinein, der aber reichlich unpraktisch konstruiert ist, weil unten auf dem Boden eine Art Blaubeermarmeladen-Schicht ist, die man nur erreicht, indem man mit dem Löffel ganz nach unten bohrt. Das Resultat: überall Joghurt. Ich verfluche mein Essen, weil es mich um kostbare ATWT-Zeit bringt, und habe inzwischen auch Joghurt an den Fingern kleben.

Dann klingelt das Telefon. Mit meiner klebrigen Hand drücke ich auf den grünen Knopf. »Jaaa….?!«, sage ich ins Telefon, in einem Ton wie: »Ich hab keine große Lust, irgendwas anderes zu tun, als was ich jetzt tue, also solltest du vielleicht lieber ganz schnell wieder auflegen.« Dann setze ich mich mit einem Ruck auf, was die Joghurtsituation nicht gerade verbessert, und verändere meinen Ton zu: »Oh, wie schrecklich schön, dass du anrufst! Nein, natürlich will ich nichts lieber tun, als mit dir reden, haha. Du bist ja soo witzig!« Es ist nämlich der Typ, dem ich auf der letzten Party begegnet bin, ein richtig netter Typ. Angesichts der Tatsache, dass er es sich geleistet hat, mich nach drei Tagen immer noch nicht anzurufen, hatte ich ihn im Geiste mindestens schon dreimal rituell geopfert, aber durch seinen Anruf hat er jetzt alles wiedergutgemacht.

»Nein, natürlich hab ich Lust, mit dir was trinken zu gehen. Nein, natürlich hab ich gerade nichts Schönes gemacht. Ich komme gleich. Ja. Bis gleich.« Leichter als je zuvor nehme ich Abschied von Soap und Joghurt und zwänge mich in einen winzigen Fetzen Stoff. Ausgerüstet mit einem Haufen Zigaretten und Miracle-Parfüm gehe ich in die Stadt.

Als ich zur Kneipe komme, sehe ich ihn schon von draußen da sitzen. Ich sehe seinen geraden Rücken und sein schickes Hemd, dass gut zu seiner Jacke und seiner guten Haltung passt. Er hat Stil und Geschmack. Jemand mit natürlicher Autorität. Begeistert gehe ich rein und setze mich neben ihn. Er lächelt charmant und fragt, was ich trinken will. Ich finde es beinah zu ordinär, ein Bier zu bestellen, aber ich bleibe meinem Lebenspartner treu und tue es trotzdem. Er steht lässig auf und geht zur Bar, wo man ihn, bei seiner Ausstrahlung, sofort bedient. Das habe ich auch immer gewollt, dass Leute einen nicht bewusst vorlassen, sondern einfach spüren, dass man das Recht hat, zuerst bedient zu werden.

Nach einem Abend Quatschen und Trinken schlägt er vor, kurz noch zu ihm nach Hause zu gehen, wo er mir seine Sammlung klassischer Musik zeigen will. Ein lausiger Vorwand, okay, aber schon ein sehr origineller. Und dass er ausgerechnet das als faule Ausrede benutzt, spricht auch für ihn, er hätte ja auch sagen können, dass er mir noch kurz seinen Waffenschrank oder seine Comicsammlung zeigen will. Also gehe ich mit.

Als wir dort sind, wird zwar schon noch Musik aufgelegt, aber eigentlich nur ganz peinliches, pseudoromantisches Gedudel. Das sprach dann wieder nicht so für ihn. Ich versuchte noch, über Prokofiev zu reden, aber er küsst mich und zieht mich aufs Bett. Nachdem wir uns eine Weile geküsst haben, fängt er an, leidenschaftlich an meinem Pulli zu zerren. Er hat seinen Mund an meinem Ohr, und plötzlich höre ich ihn sagen: »Sollen wir dann mal das Pullöverchen ausziehen?«

Ich denke, ich höre nicht richtig. Während er den ganzen Abend mit einer männlichen, weltläufigen, kräftigen Stimme gesprochen hat, höre ich jetzt so was wie Babylaute aus ihm herauskommen. Er setzt ein Stimmchen auf. Eine Art säuselndes Teddybärstimmchen. Und er macht so weiter. Nicht nur mein Pulli, mein ganzer Körper wird jetzt von diesem lebensgroßen Muppet kommentiert, das neben mir liegt. Ich bin hin- und hergerissen. Einerseits muss ich lachen, andererseits finde ich das natürlich gar nicht komisch. Ich will nicht, dass ein Muppet meine schönen Brüste rühmt.

Babysprache im Bett, das ist für mich fatal. Das macht es abstoßend. Sex hat nichts Kindliches an sich. Das ist keine Teletubbieshow. Sesamstraßenstimmen, das geht einfach nicht. Ich will mit einem richtigen Mann im Bett liegen. Ich kriege sonst das Gefühl, dass er mit einem Kind redet statt mit einer erwachsenen Frau. So wird Kindersex draus, oder eine Art Behindertensex, wie in *Idioten*. Erwachsene Männer und Frauen, die einen auf Piepsstimmchen und Babysprache machen? Einfach pervers.

Ich bringe ihn mit einem »pssssttt« zum Schweigen und lege ihm ganz verführerisch einen Finger auf die Lippen. Danach hält er zum Glück den Mund. Was tun, wenn ein wirklich netter Typ außerhalb des Bettes ein ausgewachsener Mann ist, sich aber im Bett wie ein Spielzeugkaninchen benimmt? Ich beschließe, ihm doch noch eine Chance zu geben, und lade ihn zu mir ein. Ich lege *Yabbadabbadance* auf (er wurde dann auch weich, es war Zeit, ihn zu testen), und wir sitzen und unterhalten uns. Er fängt wieder an, mich zu küssen, und benimmt sich tadellos. Er zieht mich wieder aufs Bett. Dann hört er kurz auf, runzelt die Stirn und dreht sich verwundert um. Er greift unter meine Decke und zieht meinen Teddybären heraus, der tatsächlich einen ziemlich hinderlichen Hubbel bildet. (Ja, ich habe einen Teddybären. Ich weiß, klischeehafter geht's kaum, typisch Mädchen und so, aber ich habe ihn schon seit meiner Geburt und schlafe mit ihm ein. Kann sein, dass das bedenklich ist, ist aber eben so.)

Im Rückblick lässt sich das bezeichnen als »der Moment, in dem alles schiefging«. Er packt meinen Bären, lässt ihn auf mich zulaufen und fummelt dann mit dem Teddy-Arm an meiner Brust herum. »Oooo ...«, sagt er dabei, mit dem widerlichsten, affigsten Babystimmchen, das ich je gehört habe. »Was für leckere Titten haben wir denn da ... mjam«, und er lässt meinen Teddybären (Meinen Teddybären!) meine Brüste streicheln.

Das ging zu weit. Das war der sprichwörtliche *bloody fu-*

cking limit. Und obwohl es sicher lieb gemeint war und er vielleicht dachte, er würde sich dadurch irgendwie in meine Welt hineinversetzen, oder so, konnte ich es nicht ertragen. Meinen Teddybären so zu besudeln. So was von vulgär. Einfach das Letzte.

Ich habe ihn dann rausgeworfen. Jemanden mit einer solchen Vorstellung von Bettverhalten lasse ich nicht in mein Bett. Von jetzt an verstecke ich meinen Teddybären, wenn mich jemand besucht. Weil ich gar nicht erst wissen will, wie er darauf reagieren könnte.

Spiegelbild

*M*ein Freund ruft mich an.

»Liebling«, sagt er in fragendem Ton, »wir sind doch ganz experimentierfreudig und jung und unkonventionell und so, nicht?«

In diesem Ton so etwas seine Freundin zu fragen impliziert eigentlich schon die Antwort. Wir sind nämlich ein Pärchen so wie alle Pärchen, die nach und nach alle total autistisch und menschenscheu werden. Die sich gerne mit ganz viel zu Essen und ganz vielen Filmen einschließen und es sich dann die ganze Zeit »gemütlich machen«. Ein Pärchen mit Traditionen, Insiderjokes, Angewohnheiten und Macken, die alle darauf hinauslaufen, dass kein Außenstehender sie mehr begreift, was dann das Wir-Gefühl noch verstärkt. Die um zehn Uhr ins Bett gehen, zusammen eine Tasse Pickwick Goodnight trinken und dann beide das Lämpchen an ihrer Seite des Betts ausknipsen. Das ist das Schönste. Aber kühn, jung und unkonventionell? Nur in Geschichten.

Also sage ich: »Ja, Schatz, natürlich. Ich bin für alles zu haben, und du bist doch auch so ein wilder Bär. Aber wir werden doch keine verrückten Sachen machen, oder?« Trotz meines hilfreichen Versuchs schleicht sich ein Zweifel in meine Stimme. Jung und unkonventionell, schon gut, aber ich komme natürlich nicht freiwillig von meinem Sofa runter.

»Okay, gut, ich hab nämlich was Neues. Ich glaube, es wird dir gefallen.« An dieser Stelle schwant mir nun doch, dass mein Freund unser ungeschriebenes Gesetz von »wer wir sind« versus »was wir tun« – und den nicht zu vernachlässigenden Unterschied zwischen den beiden – vergessen oder nie kapiert hat. Ich stelle die Füße vom Sofa auf den Boden und mache mir allmählich wirklich ein bisschen Sorgen. »Okay ... was hast du denn?«, frage ich halb interessiert in meinem allertolerantesten Tonfall, mit der goldenen Pärchenregel – »erst losschreien, wenn du es ganz sicher weißt« – im Hinterkopf.

»Komm doch mal vorbei«, sagt er.

Und mit einer Schreckensvision vom neuen Zimmer meines Freundes, einer brandneuen High-Tech-Folterkammer vor meinem geistigen Auge, steige ich aufs Fahrrad.

Ich sehe es sofort, als ich hereinkomme. Meine Bilder von funkelnden Präzisionsschneidewerkzeugen werden sofort verdrängt durch den ungeheuer großen Spiegel, den er sich stolz an die Wand gehängt hat. Und dann auch noch an einem äußerst strategischen Platz. Nämlich direkt neben seinem Bett. »Schatz ...«, sage ich überrascht und ein bisschen überwältigt. So viel Fantasie hatte ich ihm nie zugetraut. »Bist du jetzt extra zu Ikea geradelt, um einen Pornospiegel für uns zu besorgen?«

»Na ja, eigentlich nicht. Ich hatte ihn gekauft, weil ich sowieso mal einen Spiegel haben wollte. Und da hab ich mir diesen Platz ausgedacht. Komm, leg dich mal aufs Bett.«

Ich lasse mich zum Bett führen. Ein verstohlener Seitenblick. Da bin ich, nicht zu übersehen. Ich versuche, nicht allzu sehr daran zu denken, aber ständig linse ich kurz durch meine Wimpern zu mir selber hin.

Ich finde es jetzt schon komisch und küsse meinen Freund, während ich mit einem schrägen Blick zu uns rübersehe. Der reagiert begeistert auf diese Annäherung, die ohne Zweifel nahtlos an das anschließt, was er sich vorgestellt hatte. Während wir uns ausziehen, versuche ich, nicht hinzusehen, aber das ist verlorene Liebesmüh. Auch wenn ich noch nicht so recht weiß, was ich davon halten soll, was ich da sehe, gucke ich doch hin. Meine Aufmerksamkeit wird sozusagen vom Spiegel aufgesaugt, der unbarmherzig aber doch wahrheitsgetreu meinen Körper zeigt. Es ist eigentlich das erste Mal, dass ich mich von dieser Seite betrachte. Es ist komisch. Aber es hat eindeutig was.

Die Zeit des unschuldigen Sich-Ausziehens und Betrachtens ist vorbei. Wir fangen an, uns zu lieben, und wieder wird mein Blick zum Spiegel hingezogen. Fasziniert betrachte ich unsere Bewegungen. Wie Narziss werde ich süchtig nach meinem Spiegelbild. Undeutlich denke ich, was für ein schrecklicher Egotripper ich doch sein muss.

Aber dann stelle ich noch eine Veränderung an mir fest. Ich will nicht nur das Spiegelbild dessen sehen, was wir gerade machen. Ich will selber Bilder machen. Dinge tun, weil da ein Spiegel hängt. Ungefähr zur selben Zeit fangen wir an, darauf zu achten. Wir vögeln ästhetisch. Wir machen unseren eigenen Porno. Wir sehen den andern in den Spiegel gucken und lassen uns vom Blick des andern antreiben. Er sieht mich nicht mehr direkt an, er sieht mich im Spiegel an. Mein Spiegelbild. Ich drapiere meine Haare, so dass sie schön fallen. Ich sehe ihn an, als ich ihm einen blase. Ich strecke meine Füße, lege mir die Hände auf die Brüste. Unser Sex ist nicht mehr einfach nur für uns selbst, es ist so, als würde noch jemand zugucken. Der Spiegel.

Danach falle ich keuchend in die Kissen. Ich drehe mich wie üblich auf die Seite, um ein bisschen zusammengerollt nachzugenießen. Aber plötzlich bin ich da wieder, voll im Bild. Mein »Ich hatte gerade Sex«-Kopf mit zerzausten Haaren und knallroten Flecken guckt mich dösig an. Und den will ich jetzt überhaupt nicht sehen. Der muss weg. Die Kehrseite des Spiegels ist ebenso da wie die angenehme Seite. Und damit kann ich nicht immer leben.

Am nächsten Tag nehme ich ein großes flauschiges Tuch mit lauter kleinen Kaninchen drauf mit zu meinem Freund. Für über den Spiegel. Für ganz selten.

Erstes Date

*I*ch habe ein Date. Auf einer außergewöhnlich langweiligen Party bin ich einem Typen begegnet, dessen Gesichtsausdruck mich stark an meinen eigenen erinnerte. Gelangweilt und voller Verachtung starrte er auf die hüpfende Meute, die eine neue Runde Après-Ski begonnen hatte. Ich beziehe neben ihm Stellung und starre auch eine Weile mit missgelaunter Miene hin. »Welcher Film?«, frage ich ihn dann.

»*Amadeus.*« Beiläufig und ohne zu zögern spricht er einfach so den Namen des Films aus, der mein verfettetes Cholesterinherz höher schlagen lässt.

Nachdem ich eine Nanosekunde lang zweifele, ob ich gleich an Ort und Stelle um seine Hand anhalten soll, beschließe ich, es langsam anzugehen, und frage ihn, ob er mit mir ausgehen will. Nachdem er zuerst seinen Teil des Checks erfüllt hat (er: welcher Film, ich: *True Romance*), nickt er zustimmend, und wir tauschen Telefonnummern aus.

Nach einem stürmischen SMS-Kontakt verabreden wir uns. Zum Sushi-Essen in Amsterdam. In dem vollen Bewusstsein mindestens eine halbe Stunde zu spät zu kommen, verlasse ich mein Zimmer, in dem es so aussieht, als wäre dort gerade eine Hiroshima-Textilbombe explodiert. Unter all den hingeschmissenen Pullis und nach außen gedrehten Hosen ist kein einziges Möbelstück mehr zu sehen. Ich hatte aber auch gar nichts anzuziehen.

Im Zug befällt mich eine leichte Form von alles beherrschender Todesangst. Mein Outfit ist bürgerlich / nuttig / C&A (Passendes ankreuzen), er ist sicher saudumm / langweilig / gelackt / maulfaul und wir kriegen nur Fehlkommunikation / flache Witze / peinliches Schweigen. Was soll ich zu ihm sagen? Worüber sollen wir reden?

Ich habe Angst, dass ich ihn nicht wiedererkenne – es ist dunkel, und ich starre zitternd wie ein Kaninchen äußerst cool und selbstsicher vor mich hin. Gerade als ich mich nach zehn Minuten über mein Handy beuge, um eine passende SMS zu schreiben, im Stil von *nett, dass du mich hier warten lässt, du blöder Scheißkerl, ich schreib dich in Grund und Boden,* tippt er mir mit einem breiten, charmanten Lächeln auf die Schulter. »Hi«, sage ich und lache wie ein Honigkuchenpferd, obwohl es natürlich gar nicht witzig ist. Drei flüchtige Halb-Wange-halb-Luft-Küsschen verstärken nur mein Unbehagen. Was jetzt?

Dann beginnt das Große Quatschen. Was machst du so (Theater, Film und Fernsehen), was macht *du* so (Geschichte), Mann, wie interessant – jemandem beim Spitzenklöppeln zugucken ist interessanter –, aber was du machst auch – sogar *Big Brother 2* war spannender. Und dann kommen die Hobbys. Ein Muss beim Thema Hobbys ist, dass einer von beiden witzelt: »Na ja, Puzzeln«, oder: »Ich mag Hobbys«. Ich lache höflich und versuche, interessiert zu gucken, während mein Hirn Überstunden macht und ich fieberhaft nach

Themen suche und mir dann Mühe gebe, sie so lange zu behalten, bis ich wieder dran bin.

Beim Essen (Sushi, wer denkt sich denn so was aus?) geht meine ganze Konzentration dabei drauf, den schwierigen Parcours von ›Sushi auf Teller‹ zu ›Sushi im Mund‹ zu bewältigen. Mit verkrampften Fingern (Stäbchen, wer denkt sich denn so was aus?) versuche ich, toten, rohen Fisch, der auf pappigem Reis festgeklebt ist, durch die Luft zu balancieren. Und zermartere mir das Hirn. Habe ich Seetang zwischen den Zähnen? Rede ich mit vollem Mund? Sitzt mein Rock gut? Gefallen ihm meine Schuhe? Wovon reden wir gerade?

Erste Dates sind schrecklich. Richtig schrecklich. Während du noch nicht einmal weißt, ob du ihn überhaupt haben willst, machst du dir schon mehr Stress, als dein armer, erschöpfter junger Körper verkraften kann. Ab dem ersten Date wird es was Besonderes. Etwas mit einem Namen. Und in Verbindung mit der vagen Vorstellung von Liebe – ausgesprochen mit starkem italienischen Akzent – fühlt man sich fortwährend zur Romantik verpflichtet. Aber bei einem ersten Date ist man noch gar nicht reif für Pflichtromantik.

Ein erstes Date erfordert eine unglaubliche Energie. Immerhin muss man sich innerhalb von ungefähr vier Stunden ein bisschen kennenlernen. Und man muss sich anpassen. Du weißt nicht, wer der andere ist, und auch wenn er nach jedem vierten Wort einen auf Donald Duck macht und dabei über Bewässerungssysteme in Afrika redet, musst du erst einmal gute Miene zum bösen Spiel machen.

Aber Dates sind die einzige Möglichkeit, die wir haben. Jungs schaffen es irgendwie, in die Disco zu gehen und dort jemanden abzuschleppen. Aber es sind nie die netten Typen, die in die Disco gehen, immer nur die Machos, die eine Frau abschleppen wollen. Irgendwann fragt man sich: Wo gehen eigentlich die ganzen netten Jungs aus? Erst wenn du abgesichert mit dem Schild *Habe eine feste Beziehung* in der Disco rumläufst, verändert sie sich von einem Saal voll wilder, paarungsbereiter Hunde in einen zivilisierten Ort. Proppevoll mit süßen Jungs. Darum ist ein Date für Mädchen die einzige Möglichkeit, auf einigermaßen zivilisierte Art und Weise den Markt zu erkunden. Was aber nicht heißt, dass das besonders viel Spaß macht.

Nach dem Essen gehen wir langsam zur Straßenbahn. Wir haben ein paar Biere getrunken und befinden uns inzwischen im ruhigeren Fahrwasser des Anekdotenerzählens. Ich blicke zur Seite und fühle den letzten Rest Nervosität in meinem Bauch rumoren. Aber das ist eine andere Art von Spannung. Wir verabschieden uns, und zum Glück küsst er mich. Wir verabreden uns sofort für das nächste Mal. Müde und zufrieden setze ich mich in die Straßenbahn. Eigentlich doch großartig, so ein erstes Date.

Break-up Barbie

*I*ch liege mit Kopfschmerzen auf dem Bett. Ich würde gerne ein Aspirin nehmen, aber das haben sie natürlich bei meinem Zubehör vergessen. Während ich verdammt noch mal umkomme in Taschen, Schuhen und anderem rosa Krempel, kann ich noch nicht einmal ein paar Pillen bekommen. Oder einen ordentlichen dreifachen Wodka. Warum denken die nie an so was? Ich streiche mir etwas grellgelbes Plastikhaar aus meinen im Verhältnis zu meinem restlichen Gesicht lächerlich großen Augen und seufze. Erinnerungsfetzen an den schrecklichen Krach, den ich gerade überstanden habe, jagen mir durch den Kopf. Ich lechze nach etwas Valium oder so was. Ich drehe mich anmutig auf den Bauch und vergrabe meinen Kopf in dem glänzenden rosa Kissen, das genau zu all den anderen Dingen in meinem Leben passt. Bin ich denn verrückt, wenn ich endlich mal was Neues will? Alles in meinem Leben ist so berechenbar. Wann kriege ich endlich mal ein Nasenpiercing? Wann kriege ich endlich mal ein Tattoo? Wann kriege ich ein …?

Dann kommen mir die Tränen. Ein Ding will ich nämlich besonders gerne haben. Mein Herz verkrampft sich, wenn ich an die Worte denke, die Ken auf dem Höhepunkt seiner

Wut gesagt hat. So verletzend, so gemein. Und so wahr. Ich wollte eigentlich gar nicht über unser Sexleben sprechen. Ich wollte über andere Dinge reden. Darüber, dass er ständig so blöd lächelt, zum Beispiel. Und wie er meine Schwestern und Freundinnen anguckt. Vor allem Cindy, auf die ist er scharf, glaube ich. Dass er so unglaublich langweilig ist, so ein kleinbürgerlicher Typ. Er zuckte zusammen, als ich das sagte. Er hat es bestimmt auch an meiner Stimme gehört, dass ich es diesmal ernst meinte. Wir haben uns natürlich schon oft gestritten, aber aus Angst vor den Gerüchten haben wir die Fassade immer aufrechterhalten. Für die Medien. Die machen dich sonst kaputt. Immer lächeln, immer gut aussehen. Da ist einfach irgendwas in mir gerissen, glaube ich.

Ich beschloss, dass es endlich rausmusste. Ich holte tief Luft und sagte: »Ken, ich hab einen andern. Er surft.«

Es war unheimlich. Sein *bright smile* verschwand wie Schnee in der Sonne, und er stand noch steifer da als sonst. Er strich sich über den Kopf – ich bin mir sicher, er hat sich gewünscht, er hätte Haare wie ich, dann könnte er sich die zumindest raufen – und wurde kreidebleich. Obwohl wir doch gerade erst noch in unserm rosa Strandhäuschen gewesen waren. Dann schrie er los. »Schlampe! Dreckige Hure! Mann, was bist du doch für ein billiges Flittchen! Sehr passend übrigens: *You can brush my hair, undress me everywhere. You can touch, you can play. If you say: I'm always yours.* Hauptsache sie sagen, dass sie für immer und ewig bei einem bleiben, was? Du bist so eine ordinäre Schlampe. Siehst du denn nicht, dass sie nur deswegen hinter dir her sind, weil du ein Körper-Titten-Verhältnis hast, auf das selbst Lolo Ferrari noch neidisch sein könnte? Weißt du nicht mehr, wer dein Mann ist? Mit wem du verdammt noch mal schon immer zusammen warst?«

Ich wich zurück und stolperte über eine rosa Toilettentasche. Mein rosa Satin-Negligee flatterte, und ein Spaghettiträger glitt mir von der Schulter, als ich der Länge nach auf den rosa Teppich knallte. »Ken! Ich kann nicht anders. Es klappt einfach nicht mit uns beiden, das weißt du doch. Du bist manchmal furchtbar jähzornig, und ich will einfach sehen, ob das Leben mir noch etwas anderes zu bieten hat.«

»Jähzornig, ja? Weißt du, woher das kommt?« Dann begann er laut und unheimlich zu lachen. »Schon mal von einer bestimmten Frustration gehört? Sex-u-el-le Frustration?« Er grinste breit. Ich erstarrte. Wir wussten beide, worauf das hier hinauslief. Bis dahin hatten wir es nie ausgesprochen, nie darüber geredet. Mein allerempfindlichster Punkt. Aber er war rasend und wollte mich verletzen.

»Denn weißt du was, Barbie? Dir fehlt was. Du hast ein Handicap. Ja, das wissen wir. Du. Ich. Alle Menschen auf dieser Welt. Aber niemand hat schon einmal darüber nachgedacht, wie das für mich eigentlich ist. Denn, Barbie...« Ich versuchte, mir die Ohren zuzuhalten, flehte ihn an, aufzuhören. Aber er lachte nur und sagte es. Er sagte es, schrie es, erbarmungslos: »DU HAST KEINE MUSCHI!«

Ich brach zusammen, und mir wurde schwarz vor Augen. Ich fühle noch immer die Beschämung und die Wut durch meinen Körper zittern wie einen kalten Schauer. Ich richtete mich auf und fing an zu schreien und zu kreischen, wie ich noch nie in meinem Leben geschrieen und gekreischt hatte. »Ach ja? Und was, meinst du, hast du verdammt noch mal zwischen den Beinen? Ja, ich weiß, du denkst, dass das schon was Großes ist, verglichen mit meinem minimalen Relief, aber das ist kein Schwanz, Ken. Beim allerbesten Willen der Welt kann ich da nicht dran saugen. Es ist ein Hubbel, nicht weniger und nicht mehr. Ein lächerlicher Hubbel!«

Danach weiß ich nichts mehr, ich wachte mit Kopfschmerzen auf, und Ken war weg. Ich glaube, er hat mich k.o. geschlagen. Ich schleppte mich zum Bett, und da liege ich noch immer. Er ist jedenfalls weg. Ich bleibe besser erst einmal in meinem riesigen rosa Himmelbett liegen. Es konnte nie wieder was werden mit uns. Ich lehne mich ein bisschen zurück und lasse meine Hand über meinen glatten Plastikkörper gleiten. Meine langen Finger umschließen meine riesige, nippellose Brust. Vielleicht umschließen sie bald etwas anderes. Jetzt, wo der blöde Poloboy mit seinem Hubbel aus meinem Leben verschwunden ist, beginnt ein neues Zeitalter. Denn wer weiß, womit Mattel den Surfer ausgestattet hat …

Sünderin

*I*ch sitze in einer Kneipe. Um mich herum sitzen hässliche, aufgedunsene alte Leute in Billigklamotten. Das ist mein liebstes Kneipenpublikum, und deswegen gehe ich am liebsten in Eckkneipen. Ich fühle mich pudelwohl mit Udo Jürgens als Hintergrundmusik und merke, wie ich mich langsam erhole von den ganzen knackigen Barkeepern in abgeschnittenen Jeans, die begeistert mit Cocktailshakern trockenvögeln – ja, die gibt's wirklich. Der Typ, mit dem ich hier bin, kommt gerade von der Toilette zurück. Lächelnd bestelle ich noch zwei Biere und sehe ihn an. Ein ganz süßer Kerl. Er hat mich im Sturm erobert und mich in null Komma nichts zu einem ihm völlig willenlos ergebenen Wesen gemacht.

Also fasse ich einen mutigen Entschluss: Ehrlichkeit. Keine Spielchen. Kein Versteckspiel. Kein neckisches Hin und Her. Einfach ehrlich sein. Also gebe ich auf alles, was er mich an diesem Abend fragt, eine ehrliche Antwort. Ich denke gut nach, versuche, mir die Dinge selber so klar wie möglich zu machen und analysiere alles bis ins kleinste Detail. Er erkundigt sich nach meinen früheren Freunden, und ich erkläre ihm lang und breit, woran es bei mir meistens scheitert. Ich erzähle ihm von meinem Egoismus, meiner Arroganz, meiner Allergie gegen alles Menschliche – wenn ich bei ihm zum Beispiel Spinat zwischen den Zähnen entdecke, kann er gehen – und von meiner Unsicherheit.

Er erkundigt sich nach meinem Sexleben. In den schillerndsten Farben erzähle ich ausführlich von meiner berüchtigten Fake-Vergangenheit, davon, dass ich Jungs nur für Sex missbraucht habe, von misslungenen Dreiern und Huren in Thailand, die sich davor ekelten, mich zu berühren. Ich erzähle ihm von meinen Manipulationstechniken, davon, wie ich meinen Willen durchsetze und wie ich Menschen benutze. Je länger ich rede, desto mehr Lust bekomme ich, mich in meinem letzten Rest Bier zu ertränken, aber wenigstens bin ich ehrlich. Ehrlichkeit wird doch bei jedem ganz groß geschrieben, und ich wollte dieses Mal wirklich aufrichtig sein. Zum Glück bleibt er neben mir sitzen und versucht kein einziges Mal, meine Lebensbeichte dadurch zu unterbrechen, dass er mir mit Bailey's-Cola den Mund stopft. Er will mich dafür also nicht hinrichten. Und ich darf sogar bei ihm schlafen.

Ein paar Tage nach diesem sehr offenherzigen Kneipenbesuch sitzen wir gerade beim Essen. Ganz beiläufig erwähne ich, dass ich an diesem Abend vorhabe, einen Freund zu besuchen. Er isst etwas langsamer und sagt kein Wort. Ich blicke auf und frage ihn, ob irgendwas ist. »Ein Freund, sagst du. Einfach ein Freund. Was für ein Freund denn? Mit dem hast du doch früher sicher mal gevögelt, oder?« Er sagt es lachend. Na ja, halb lachend.

Ich lache zögerlich zurück. »Ach, Quatsch. Das ist einfach ein guter Freund von mir. Den kenn ich schon seit der Grundschule.«

»Hmm.« Er guckt mich kurz forschend an. »Okay. Schön, schön.«

Wieder zögernd hake ich ein: »Ja, schon schön, ja.«

Während der restlichen Mahlzeit bleibt es still.

Wir gehen zusammen aus. Während er auf dem Klo ist, stehe ich an der Bar und remple ein paar Leute an, weil ich durchwill. Ich bestelle zwei Biere beim Barkeeper, der mich mit einem etwas unsittlichen Blick anguckt. Als ich etwas später mit den zwei Bier in der Hand an der Tanzfläche stehe, steht auf einmal der Barkeeper neben mir. Ob ich Lust hätte, mal mit ihm auszugehen. »Nee, tut mir leid, ich hab einen Freund.« Der Barkeeper lässt nicht locker, und wieder sage ich nein, während ich über die armseligen Sprüche lache, die er aus der Mottenkiste holt. Dann sehe ich hinter ihm meinen Freund stehen. Er lächelt ein bisschen herablassend, mit verschränkten Armen. Als der Barkeeper weg ist, kommt er zu mir. »Das macht dir wohl Spaß, wie, mich eifersüchtig zu machen? Ein bisschen die Eifersuchtskarte auszuspielen?« Ehrlich erstaunt und ein bisschen empört erkläre ich ihm, was der Barkeeper wollte und was ich ihm gesagt habe. »Okay, schon klar.« Den restlichen Abend ist es ein wenig still.

Wir liegen im Bett. In seinen Armen versuche ich, mich von einem überwältigenden Orgasmus zu erholen. Während ich mir die Haare aus dem Gesicht streiche, sage ich, noch ganz außer Atem, zu ihm: »Schatz, das war echt toll.«

»Klar.«

Verblüfft blicke ich hoch. »Was ist das denn jetzt für ein komischer Text?«

»Na ja, woher soll ich denn wissen, ob du gerade wirklich gekommen bist und das nicht bloß fake war?«

Ich gucke, falls das überhaupt möglich ist, noch verblüffter. »Ja, das hab ich doch gesagt. Ich bin gerade eben gekommen. Echt.«

»Ja, das ist nun eben das Merkwürdige. Das kannst du zwar sagen, aber wissen tu ich es dann trotzdem noch nicht.«

Das ist es also. Gottes Strafe für mich. Die kommt also nicht als Feuerhand, um meinen physischen Leib in Brand zu setzen, sondern in Gestalt eines wirklich süßen Typen, der mir einfach nicht mehr vertraut. Wo ich doch bei ihm gar nichts falsch gemacht habe. Im Gegenteil, ich habe gerade alles ganz richtig gemacht. Dachte ich. Ehrlich sein und so. Aber ich war wie der Wolf, der dem Zicklein völlig aufrichtig gesteht, dass er in der Vergangenheit zwar ganz viele Zicklein aufgefressen hat, aber jetzt verspricht, dass er das in Zukunft bestimmt nicht mehr tun wird. Logisch, dass das Zicklein an der Aufrichtigkeit des Wolfs so seine Zweifel hat. *You know that I know that you know ...*

Extrem bitter. Ausgerechnet wegen meiner Ehrlichkeit vertraut er mir nicht mehr. So gesehen wird mir alles, was ich aufrichtig tue, als ein Spielchen ausgelegt. Wenn ich einfach nur lieb zu ihm bin, denkt er, dass ich mich über ihn lustig mache. Wenn ich sage, dass ich unsicher bin, denkt er, dass ich nur so tue. Wenn ich verletzt bin, denkt er, dass es ein Trick ist. Es ist ein Teufelskreis. Ich kann nicht aufrechter tun als aufrecht, sonst wird es wieder Betrug.

Wie eine schuldbewusste Sünderin gehe ich jetzt durchs Leben. Ich gebe mir die größte Mühe, so ehrlich wie möglich zu sein. Ich versuche einfach, so gottverdammt aufrichtig wie möglich zu tun.

Penisneid

*F*reud zufolge entdecken Mädchen irgendwann, dass Jungs viel mehr in ihrem H&M-Slip hängen haben als sie. Von diesem Moment an werden sie neidisch, fühlen sich unvollkommen und wollen auch so etwas haben. Das heißt dann Penisneid. Und das habe ich.

Ich will auch einen Schwanz. Ich fühle mich zwar nicht unvollkommen, betrachte aber nichtsdestoweniger die deutlichen Vorzüge des männlichen Geschlechts als einen riesigen, von Gott gegen mich persönlich gerichteten, bescheuerten Witz. Einige Nachteile sind ganz offensichtlich. Wenn ich nach einem Abend fröhlicher Lebervernichtung durch die Stadt wanke, stehe ich jedes Mal vor der schier unlösbaren Aufgabe, die in meinem Körper angesammelte Flüssigkeit irgendwo dezent zu deponieren. Das fühlt sich dann ungefähr so an, als wäre meine Blase eine seit fünf Wochen nicht mehr gemolkene Kuh, und die dazu passenden Geräusche mache ich auch. Angesichts der Tatsache, dass in solchen Momenten mein Gleichgewichtssinn regelmäßig versagt, traue ich mir den Balanceakt des Hockens einfach nicht zu. Niemals. Die Aussicht, den Rest des Abends mit meinen eigenen Urinspritzern auf meinen Klamotten herumlaufen zu müssen, ist deutlich weniger verlockend als ein Viertelstündchen heftiger Blasenschmerzen. Meine männlichen Freunde haben damit allerdings überhaupt keine Probleme. Während ich kurz vorm Krepieren bin, bauen sie sich mit dem Hintern zu mir auf und fangen an, ausführlich zu pinkeln. So richtig schön lang. So richtig schön viel. Und dabei lachen und stöhnen sie durch den intensiven Genuss, den ihnen diese Entladung bereitet. Manchmal frage ich noch jammernd, ob sie es sich vielleicht aus einer Art Solidarität mit der modernen Frau noch ein bisschen verkneifen können, aber das Prinzip kapieren die Typen nur, wenn es darum geht, wer für das Bier bezahlt.

Aber es gibt auch eher unbewusste Dinge, mit denen ich meinen Penisneid nähre. Die Vorstellung, einen Schwanz zu haben, ist so lustig. Er ist immer da, immer präsent, und einem kleinen Spielchen nie abgeneigt. Man kann stundenlang einfach nur hingucken und warten, ob er wieder hochgeht. Sowieso ist die Vorstellung von einem Körperteil, der manchmal in unerwarteten Augenblicken kurz von sich hören lässt, schon genug, um einen Neidanfall zu kriegen. Du sitzt im Bus, starrst gedankenlos vor dich hin, und hoppla! schon ist er steif. Manchmal vielleicht etwas lästig, schon wahr, aber meistens doch einfach eine unverblümte Ode an das Leben.

Okay, das Design hätte etwas schicker ausfallen können. Niemand ist so richtig angetan von diesem wurmartigen Anhängsel, das etwas dämlich aus der Wäsche guckt. Das ist dann auch oft ein dankbares Gesprächsthema auf Frauenpartys. Mit glühenden Ohren und einer Flasche Weißwein in der Hand werden dann haarklein alle Schwänze unter die Lupe genommen, die man mal gesehen hat. Vor allem die Länge und die tatsächlich etwas idiotischen Krümmungen, die das Ding annehmen kann, bilden eine hübsche Zielscheibe für den Spott.

Die Muschi ist natürlich auch nicht gerade eine weltbewegende Kreation. Hinsichtlich Design schneiden wir aber doch wohl etwas besser ab, wenigstens ein Ding weniger, über das man herzhaft lachen kann. Bis auf das eine oder andere Rostbeefschamlippchen – und lassen wir die Vorstellung von der ›offenen Wunde‹ mal beiseite – ist die Muschi ja ganz akzeptabel. Aber längst nicht so spannend. Irgendwie hat der Schwanz viel mehr Identität, er ist umgänglich, verschämt oder selbstbewusst. Eine Muschi bleibt immer eine Muschi.

Ich habe auch die heimliche Vermutung, dass Jungs viel mehr Spaß haben. Natürlich wird das vor allem dem urmenschlichen Verdacht zuzuschreiben sein, dass die Kirschen in Nachbars Garten immer besser schmecken, aber so ganz glaube ich das nicht. Es stimmt zwar, dass wir öfter kommen können, aber vielleicht bedeutet das ja auch irgendwie, dass es eine Winzigkeit weniger gut ist? Eher Quantität statt Qualität? Dass der weibliche Orgasmus mit Butterkeksen zu vergleichen ist, die man sich achtlos und ohne sie richtig zu schmecken einen nach dem anderen in den Mund stopft, während der männliche Orgasmus eher der sahnegefüllte Windbeutel ist, auf den man sich schon die ganze Zeit gefreut hat und den man dann in zehn Minuten andächtig und genüsslich verspeist?

Ich werde wahrscheinlich nie über meinen Penisneid hinwegkommen. Ich habe zwar inzwischen schon Frieden geschlossen mit meiner Muschi, die doch eigentlich auch ganz nett ist, mit der man sogar ganz hübsche Sachen machen kann und die mich manchmal wirklich überrascht. Aber ganz loslassen wird mich die Sache wohl nie. Immer werde ich ihn mit einem Hauch von Missgunst betrachten, das einäugige Monster, den rettenden Feuerwehrschlauch, die Genusskeule.

Fag hag

*E*s ist Sonntagabend. Faul hänge ich auf dem Sofa. Ich verbringe meine Zeit damit, mir zu sagen, dass ich endlich was tun muss. Das ist dann aber auch wirklich das Einzige, was ich tue. Mir das zu sagen. Natürlich muss ich noch alles Mögliche tun, angefangen bei ›mich selber vom Sofa kriegen‹ bis hin zu ›fünfzehn Kapitel Lehrbuch zusammenfassen‹. Alles nicht besonders sexy. Dann klingelt das Telefon. Mein allerliebster schwuler Freund trompetet mir ausgelassen ins Ohr: »Hallo, meine kleine Schlampe!«

»Ach, mein allerliebster Arschficker!«, schmettre ich genauso fröhlich zurück.

»Renske, ich bin der einzige Schwule in deinem Bekanntenkreis. So ein Titel ist doch nur sinnvoll, wenn da ein bisschen Konkurrenz im Spiel ist?«

Da hat er Recht, aber ich bleibe dabei. »Du bist trotzdem der Allerliebste. Ich kenn keinen anderen Schwulen, der ...«

»Da hört der Satz in deinem Fall sowieso schon auf. Anyway, heute Abend ist deine Chance. Kommst du mit zu einer Schwulenparty?«

Nun habe ich das edle Bestreben, aus meinem Freundeskreis eine politisch, gesellschaftlich und soziologisch korrekte Gruppe zu machen. Bis jetzt hab ich schon einen Schwulen, mir fehlen also noch ein Jude, ein Schwarzer, ein Behinderter und ein Rentner. Aber Schwule kann man eigentlich ruhig ein paar mehr haben. »Ja, okay. Sowie ich die mentale und physische Kraft gefunden habe, mich von diesem Sofa runterzukriegen, komme ich.«

»Okay. Hauptsache, du kommst nicht nach elf, weil sie dich dann nicht mehr reinlassen.«

Ach Gottchen. Anstatt in eine gemütliche Holzfällerhemd-Schwulenkneipe gehen wir anscheinend in irgendeinen exklusiven, hippen Lederschwulen-Club.

Als ich gut vor der Zeit in der mir angewiesenen Straße ankomme, rufe ich meinen Schwulen wieder an. »Sehr lustig. Hier gibt's nichts außer ein paar geschlossenen Geschäften und einer Menge Regen. Ich bin klatschnass und außerdem stinksauer.« Ich stehe mitten in einer Einkaufsstraße um halb elf, und da ist wirklich tote Hose.

»Warte nur, es kommen gleich Leute. Ich bin schon unterwegs, keine Sorge, du weinerliche Hete.«

Ich warte in einem Wartehäuschen an der Bushaltestelle auf die anscheinend so wundersame Öffnung des Homowalhalla. Nach einer Weile kommt ein Prachtexemplar von einem Schwulen angelaufen, der langsam – obwohl es nach wie vor schüttet – an den Häusern entlanggeht. Er inspiziert die Fenster und geht weiter. Danach tauchen zwei Superhomos auf. Sie gehen an mir vorbei, stellen sich dann aber zusammen in eine Telefonzelle. Hier ist eindeutig ein Prozess im Gange, der sich mir völlig entzieht. Als wäre ich aus Versehen in einen ziemlich dubiosen, aber doch unheimlichen Filmset hineingeraten.

Dann gehen auf einmal zwei Türen auf. Und plötzlich strömen von allen Seiten Schwule herbei, wie die Ratten von Hameln, die Flötenmusik hören. In null Komma nichts bildet sich eine lange Schlange. Ich entdecke meinen Lieblingsschwulen, und wir gesellen uns zueinander. Obwohl es Sonntag ist, merkt man doch, dass schon reichlich Alkohol geflossen ist. Als wir drin sind, müssen wir erst an einem großen Schild vorbei: »Dies ist eine nicht-kommerzielle Lesben- und Schwulendisco. Nur Menschen, die sich selbst als lesbisch oder schwul bezeichnen, sind hier willkommen.« Heteros sind hier anscheinend nicht erwünscht. Diese versauten, perversen Heteros. Ich setze mein Lesbengesicht auf – obwohl ich nicht so genau weiß, wie das aussieht – und versuche, nicht mehr am Arm meines schwulen Freundes zu hängen. Komisch, denn normalerweise ist das kein Problem, er ist doch schwul.

Als wir in der Disco sind, kann ich mich gar nicht sattsehen an den Typen, die da rumlaufen. Der SM-Meister und der Stricher, die Tunte und der Lederbär, der Jeansboy und der geile alte Bock, alles vertreten. Ich fange an, mich wie ein kleines Mädchen zu verhalten. Ich kichere mit dem Barkeeper, ergehe mich in lauten Schreien über jemandes Outfit, wedle mit den Händen und sage affektiert: »*Oh my Gooood.*« Das ist hier nämlich erlaubt. Und plötzlich fällt es mir wie Schuppen von den Augen: Ich bin eine *fag hag*. Ein Mädel, das auf die Schwulenszene abfährt. Ein Mädel, das sich mit Schwulen umringt, weil die so schön shoppen, so ungeniert weiblich sind und so schön tratschen können. Und weil die einem nie zu nahe kommen. Alle Mädchen, mit denen ich hier spreche, geben offen zu, dass sie gar keine Lesben sind, sondern *fag hags*. Ich fühle mich auf einmal ganz wie zu Hause und lebe mich in meinem neu gefundenen Bewusstsein aus.

Aber nach einigen Stunden verändert sich was bei mir. Ich werde stiller, ich mache nicht mehr so ausgelassen mit und stelle mich nicht einmal Arm in Arm mit den anderen auf, um aus vollem Halse *I Will Survive* mitzusingen. Ich setze mich kurz mal auf einen Barhocker und sehe mich um. Ich sehe Jungs. Nur Jungs. Jede Menge Jungs. Aber mich guckt verdammt noch mal kein Schwein an. Sie sprechen nicht mit mir, versuchen es nicht einmal, und laden mich nicht zu einem Bier ein. Eigentlich verhalten sie sich so, als ob sie überhaupt nicht an mir interessiert wären. Als ob ich kein süßes, sexuell aktives Wesen wäre. Ich sitze hier ein bisschen geil herum, und man ignoriert mich einfach. Niemand kneift mir in den Hintern, wonach ich es uns Frauen natürlich schuldig wäre, dem Betreffenden eine zu scheuern, logisch. Niemand sagt: »Hat es eigentlich wehgetan, als du aus dem Himmel gefallen bist?«, wonach ich es uns Frauen natürlich schuldig wäre, dass ich den Betreffenden auslache, logisch. Niemand hier findet mich süß.

Ich seufze und mir wird klar, wie verwöhnt ich bin. Was für ein schreckliches, nach Aufmerksamkeit gierendes Wesen bin ich doch geworden. So sehr, dass ich es schon nicht mehr ertrage, wenn andere Menschen nicht mit einem sexuellen Unterton mit mir umgehen. Ich seufze noch mal und leere, wehmütig abwinkend, mein Glas Bier. Ich stehe auf und ziehe meinen Pulli glatt. Also gut. Mit wiegenden Hüften gehe ich auf ein Mädchen zu.

Hassliebe

*I*ch liege in seinen Armen. Ich spüre das Klischee, aber dieses eine Mal macht es mir nichts aus. Ich liege in seinen Armen und fühle mich wohl. Ich fühle mich geborgen, begehrt. Geliebt. Beschützt. Wie eine schnell anschwellende Welle strömt ein Gefühl von Wärme und Zuneigung durch meinen Körper. Ich will ihn, ich will ihn knuddeln, küssen, an mich drücken, ihm noch näher sein. Ich schlage beide Arme um ihn und drücke ihn fest an mich. Dann lasse ich los und seufze mit geschlossenen Augen. Heftig. In meinem Kopf montiere ich Bilder: seine Hand auf meiner Brust, mein Kopf auf seinem Bauch. Das Gefühl, am richtigen Ort zu sein, ist ganz stark. Ich will nur bei ihm sein.

Aber dann. Ein Wort, ein falsch verstandener Satz, eine falsche Bemerkung. Die Stimmung schlägt um. Wir lassen uns los und sehen uns an. Wir sagen genau die verkehrten Dinge, obwohl wir wissen, dass wir genau die Dinge sagen, die der andere nicht erträgt. Er behandelt mich von oben herab, ich mache eine Szene. Er lacht mich aus, ich äffe ihn nach. Erst haben wir uns nur ein bisschen ärgern wollen, jetzt sind wir stinksauer. Wir schaukeln uns gegenseitig hoch. Der eine sagt gar nichts mehr, der andere viel zu viel.

Coolness und Hysterie kämpfen um die Herrschaft. Kälte und Zickigkeit prallen aufeinander. Wir rücken noch weiter voneinander ab.

Er lacht abfällig, ich fange an zu schreien. Ich sage gemeine Dinge und will ihn verletzen. Er verschließt sich noch weiter. Ich fange an zu heulen und kann es beinahe nicht fassen, dass das schon wieder passiert. Schon wieder. Ich sehe ihn an, und in diesem Moment will ich ihm am liebsten eine scheuern. Er treibt mich zum Äußersten. Ich will ihm diesen arroganten, gleichgültigen Blick aus dem Kopf rammen. Ich will ihm Schmerzen zufügen, er muss doch auch was fühlen. Ich merke, dass ich durchdrehe, ich will ihn erreichen, berühren, spüren, dass er da ist, dass es ihn nicht kaltlässt. Ich gebe ihm einen Schubs.

Die Rollen werden vertauscht: Er wird schrecklich böse, die Distanz ist jetzt unüberbrückbar. Ich gebe nach und entschuldige mich. Er reagiert nicht. Ich flehe ihn an, heule, klammere meine Finger melodramatisch in die Decke. Ich probiere alles, um es wiedergutzumachen, rücke näher, will seine Hand ergreifen. Er zieht sie weg. Ich versuche ihm entgegenzukommen und entschuldige mich für Dinge, die mir eigentlich gar nicht leidtun.

Wir reden weiter und fangen wieder ganz von vorne an, er wütend, ich bettelnd. Wir kommen nicht voran. Ich kapiere nichts mehr, Worte werden verdreht, Sätze nicht verstanden, Fragen bleiben unbeantwortet. Ich weiß nicht mehr, worum es eigentlich geht, gerate in Verwirrung, verliere den Faden. Ich rudere zurück, weiß nicht mehr, ob die Prinzipien, die ich da preisgebe, wichtig für mich sind. Ich habe vergessen, was angemessen ist, was vernünftiges Verhalten ist, was geht und was nicht. Ich habe den Draht zu meinem Gerechtigkeitsgefühl verloren. Ich weiß nicht mehr, wer jetzt Recht hat, wer sich hier komisch verhält und woran das eigentlich liegt.

Er macht weiter, bleibt böse, und dann ist bei mir plötzlich auch der Ofen aus. Seine Sturheit fordert meine heraus. Meine Wut flammt wieder auf, vermischt mit einem scheußlichen Gefühl von Hoffnungslosigkeit und Frust. Ich fange an zu schreien und flippe dabei völlig aus. Ich spüre, dass die Distanz größer wird, aber ich kann mich nicht mehr bremsen. Wir wollen nicht mehr zuhören, wir wollen nicht mehr verstehen, und wir wollen uns keine Mühe mehr geben. Während meiner Tirade frage ich mich verzweifelt, warum ich hier bin, was ich hier tue. Wenn ich ihn ansehe, spüre ich nur eine beängstigende, blinde Wut.

Er sagt jetzt überhaupt nichts mehr. Aus purer Erschöpfung bin ich auch kurz still. Ich lege den Kopf auf das Kissen. Auf einmal ist es völlig still. Wir starren alle beide mit leerem Blick zur Decke. Ich fühle, wie mein Zorn verfliegt. Es ist leer in meinem Kopf. Ich weiß beinahe schon nicht mehr, warum ich eigentlich wütend war. Warum es anfing. Ich sehe ihn an und spüre keine Wut mehr. Ich sehne mich nach ihm. Ganz schrecklich. Ich spüre es beinahe körperlich. Ich will ihn berühren. Ich will, dass er mich berührt. Ich will, dass er mich wieder lieb hat. Ich will bei ihm sein.

Vorsichtig und zögernd lege ich ihm die Hand auf den Arm. Keine Reaktion. Dann lege ich meinen Kopf auf seine Brust. Langsam merke ich, dass er sich entspannt. In der

Stille ist auch sein Zorn verflogen. Seine Hand beginnt vorsichtig, mein Haar zu streicheln. Ich bin überwältigt von dem Gefühl von Freude und Glück, das mich bei dieser Bewegung durchströmt. So ist es gut. Wir sollten nicht miteinander reden, sondern uns nur streicheln.

Wir wärmen uns gegenseitig in der schönen, friedlichen Atmosphäre nach dem Streit. Es ist wieder gut. Besser denn je. Ich will spüren, dass wir zusammen sind, dass er das auch will. Ich kann es kaum glauben, dass ich gerade eben noch die Dinge gesagt und gedacht habe, die ich ausgesprochen und gefühlt habe. Aber ich weiß, dass das ›gerade eben‹ genauso wirklich war, wie es das ›jetzt‹ auch ist.

Dessous

Gespannt schaut der Typ im Bett zu, wie ich mich ausziehe. Ich gebe mir zwar Mühe, mich der Textilien so anmutig wie möglich zu entledigen, probiere aber, keinesfalls meine Hüften im Takt der Musik zu bewegen – ich mache hier schließlich keinen Striptease. In dem Fall würde ich natürlich ein paar Tricks aus der Kiste holen. Aber plötzlich sehe ich, wie sich seine Miene verändert: von gespannter und anerkennender Erwartung zu Verblüffung und Enttäuschung. Ich blicke an mir hinunter. Ich habe tatsächlich mit großem Trara einen schwarzen wattierten Spitzen-BH und darunter große weiße Oma-Boxershorts enthüllt. Die Kombination hat eine verblüffend lächerliche Wirkung. Der sexy BH hebt sich scharf vom Weiß der biederen Unterhose ab. Ich kratze mit einiger Mühe meine Würde und meinen ganzen Sex-Appeal zusammen und springe schnell ins Bett. Unter der Decke sieht man es ja doch nicht mehr.

Ich kaufe aus Prinzip keine Dessous. Ich bin Dessous-Atheistin. Ich glaube nicht an Dessous. Der Grund: Man zieht sie ja doch wieder aus. Sie sind sündhaft teuer, und man zieht sie ja doch wieder aus. Sie sitzen nicht richtig bequem, also zieht man sie ja doch wieder aus. Die Farben lassen sich nur schwer kombinieren, aber man zieht sie ja doch wieder aus. Die Nutzlosigkeit des ganzen Produkts ist so überdeutlich, dass ich beschlossen habe: Das ist eine Marotte, bei der ich nicht mitmache. Mein Tag wird noch kommen, der Tag, an dem jeder sagen wird: »Dessous, *that's so two weeks ago.*« An dem die kleinen Spitzen-Strings, die seegrünen Satin-BHs und die engen Pantherslips massenweise auf Halbmast gehängt werden und jeder befreit ist von dem Leid, das Dessous heißt.

Man muss es als Hülle sehen. Packpapier wird ja auch immer zusammengeknüllt unter den Tisch geworfen. Deswegen kauft man ja auch keinen Originalstich von Paul Klee, um darin ein Geschenk einzuwickeln. Dessous sind die Hülle, die Schachtel, das Papier, der Überzug, die Schutzschicht, die Luftblasenverpackung – auch wenn die von ein paar unangenehmen Fanatikern viel zu wichtig genommen wird. Nicht das, worum es eigentlich geht, sondern das, was es ein bisschen bedeckt. Es ist ja ganz nett, da mal einen kurzen Blick drauf zu werfen, aber letztendlich will man doch lieber sehen, was drin ist.

Und dann bekam ich auf einmal ein Geschenk. Von einer Freundin. Einer Hardcore-Dessous-Gläubigen. Einer Angehörigen der spirituellen Elite der Dessouskirche. Ihre Schränke sind proppevoll mit Strings, Tops und BHs, aber auch Netzstrümpfen, Miedern und Strumpfbändern. Und sie hatte eine Mission. Sie wollte Heiden bekehren. Und sie hatte schweres Geschütz aufgefahren. Als ich das Geschenkpapier aufriss und wegwarf, enthüllte ich das schönste Packpapier für den menschlichen Körper, das ich je gesehen hatte. Korallenrot, mit Spitze besetzt, weich. Der klitzekleinste String aller Zeiten. Und das Herz ging mir über. Es war, als würde das ganze Zimmer auf einmal in Licht baden. Als würde das Rot mich rufen. Als ob der String leuchten würde. Ich hatte das Licht gesehen. Sofort zog ich mich um.

Den ganzen Abend gehe ich anders. Den ganzen Abend lache ich anders. Den ganzen Abend fühle ich mich anders. Ich gehe, lache und fühle nämlich wie jemand, der ein Geheimnis hat. Der etwas verbirgt. Der eine Überraschung in petto hat. Sexy *und* mysteriös. Kurzum, wie eine Frau, die unter ihren Kleidern ganz bewusst rote Dessous trägt.

Und ich hatte in meinen finsteren Jahren, in denen ich der höheren Unterwäscheweihen noch nicht teilhaftig geworden war, nie gedacht, dass das so einen Einfluss auf mich haben könnte. Das, was du einfach nur unter deinen Sachen trägst und das, ohne dass man es zeigt und ohne dass man es sieht, doch eine Wirkung hat.

Aber ich kann mich doch nicht richtig bekehren. Obwohl die Spitze mich verführerisch lockt, bringe ich es nicht übers Herz, den Schritt ganz zu vollziehen. Ich flirte mit dem Glauben, bleibe aber eine Nicht-Gläubige. Ich trage meine stierkampfgeeigneten roten Dessous zwar immer noch gerne. Aber ich kann mich nicht von meinen Mädchen-Boxershorts verabschieden (»Verbrennen! Verbrennen!«, höre ich die Dessous-Sekte in meinem Kopf fanatisch skandieren). Ich kann's einfach nicht. Ich habe kein Geld, keine Geduld und kein Gespür dafür. Es bleibt also bei halben Sachen. Manchmal in zarteste Seide gehüllt und ein andermal von Kopf bis Fuß in die gute alte Baumwolle. Aber ach, wisst ihr was: Ich ziehe es ja sowieso wieder aus.

Eifersucht

*I*ch versuche, mich zwischen den Leuten hindurchschlängelnd, voranzukommen. Leider ist dieser Abschnitt der Gracht von einer dichten Menschenmenge verstopft. Ich nehme meinen Freund an der Hand und fange an, ein bisschen zu schieben. Es ist kalt, und ich halte mir mit der anderen Hand den Kragen zu, um meinen Hals vor dem Wind zu schützen. Als wir endlich durch sind, wird es etwas ruhiger. Zusammen gehen wir die Straße entlang. Ich will noch Einkäufe machen für Heiligostern, ein neues Familienfest, das auf eine merkwürdige und höchst überraschende Art Eier, Hasen, Geschenke und Lieder miteinander kombiniert. Mein Freund ist mitgekommen, um mich in der existentiellen Krise, die da Einkaufen heißt, seelisch zu unterstützen. Geschenke kaufen ist nämlich ein heikles Geschäft. Es sagt etwas darüber aus, wer du bist, wie du den andern siehst, und was du ihm oder ihr zu schenken bereit bist. Es soll nett, anspruchsvoll, nützlich und witzig sein. Oder anrührend, tiefsinnig und schön. Ich seufze. Die Zeit der Schokoladen-Hasen und -Weihnachtsmänner ist vorbei.

Plötzlich bleibt mein Freund wie angewurzelt stehen und läuft dann begeistert weg. Er rudert mit den Armen und stößt dazu fröhliche Urlaute aus. Ich bleibe verdattert zurück und begreife allmählich, dass diese kindliche Begeisterung durch irgendeine blonde Tussi ausgelöst wurde, die er gerade entdeckt hat. Ich gehe ihm langsam hinterher, während er die blonde Tussi umarmt. Sie guckt auch so, als hätte sie gerade ein langes Wochenende mit Brad Pitt in einer Traumvilla gewonnen. Völlig ekstatisch. Ich halte mich ein bisschen im Hintergrund und höre ihr Gespräch mit. Es besteht aus einer Menge gedehnter Vokale, einem Haufen mir völlig unverständlicher Witze, die aber bei ihnen vor lauter Lachen eine Art Asthmaanfall auslösen, und einem intensiven Austausch ihrer kurzgefassten Lebensgeschichten. Und ganz viel gegenseitigem Anfassen. Einer beiläufig auf den Arm gelegten Hand. Einem wohlwollenden Klaps auf die Schulter. Einer flüchtigen Berührung mit dem Finger auf der Hand des anderen. Ich gucke hin. Ich höre zu. Und fühle mich schrecklich. Wut flammt in mir auf. Wer ist dieser Troll, dieses Ungeheuer mit dem widerlichen Schlampenkopf, diese dumme blonde Kuh? Und warum lacht er mit ihr, warum redet er mit ihr, warum fasst er sie an? Ich spüre eine Art stechenden, nagenden Schmerz. Ich bekomme ein heimtückisches und böses Gefühl, wie eine Katze, der irgendjemand auf den Schwanz getreten hat und die jetzt in aller Stille darauf wartet, zurückschlagen zu können.

»Sag mal, wer war denn das?« Mein katzengleiches Schnurren klingt dabei vielleicht ein bisschen zu aufgesetzt.

»Einfach so, eine Freundin von früher.«

Aha. Eine Freundin von früher. Jetzt ist Selbstbeherrschung angesagt. Zeig, dass dich das überhaupt nicht interessiert. Dass es dir gar nichts ausmacht. Dass das natürlich schön für ihn ist. Dass es völlig okay ist. Prima. Dass er nur kurz mal mit einer Freundin quatscht. Einer sehr hässlichen Freundin zwar. Aber im Grunde ist das okay. Dass er sich so aufplustert wegen einer sehr hässlichen und obendrein dicken Freundin. Okay. Dass er anfängt, zu sabbern und sich einfach lächerlich benimmt wegen einer hässlichen, dicken und strohdummen Freundin. Die außerdem eine lächerliche Hose anhat. Beherrsch dich, Renske. Beherrsch dich. Ganz ruhig weiterfragen.

»Woher kennst du sie?« Gute Frage. Logisch. Beherrscht.

»Aus der Schule.«

»Hast du mit ihr gevögelt?« Aua. Mist. Heftig und unbeherrscht spucke ich die Frage aus, ihm beinahe buchstäblich ins Gesicht. Meine Wangen glühen, und ich fange an, mich zu verfluchen, dass ich mich so gehen lasse, dass ich mich so verrate. Aber jetzt kann ich nicht mehr aufhören. Meine Stimme klingt verkrampft und piepsig vor zurückgehaltener Wut. Ich bin mir völlig bewusst, was ich da für eine Szene mache, wie blöd ich mich anstelle, wie lächerlich ich mich aufführe. Aber der Stich, den ich gespürt habe, als ich sah, dass er auch mit anderen redet, dass er auch mit anderen lacht, dass er auch andere anfassen kann, der saß. Dass seine Blicke doch nicht exklusiv für mich bestimmt sind, dass sie auch auf andere geworfen werden können.

Erhitzt und aufgeregt stehe ich jetzt vor ihm. Ich fühle mich falsch, verdorben und allein. Aber ich kann nichts dagegen tun. Das Gefühl ist stärker als die Vernunft. Das Herz besiegt den Kopf. »Und?« Selbst ich kriege mit, wie schrill ich mich anhöre.

Mein Freund kommt einen Schritt näher. »Liebling, wie kommst du denn darauf? Wir waren bloß befreundet.« Er legt seinen Arm um mich. Das beruhigt mich, und ich rege mich etwas ab. Ich lache blöde und entschuldige mich für meine übertriebene Reaktion. Er streichelt mir über den Kopf, so wie man das bei einem braven, schuldbewussten Hund macht. Dann radelt die Frau an uns vorbei. Aus den Augenwinkeln sehe ich, wie mein Freund ihr mit einer Handbewegung irgendwas zu verstehen gibt. Eine »Wir telefonieren«-Geste? Meine Augen verengen sich.

Orgie

*I*ch sitze auf dem Boden. Ich bin sauer. Vor mir sitzt jemand Nacktes. Neben mir sitzt jemand Nacktes. Ich bin auch ein bisschen nackt. Und mir reicht's. Mit verschränkten Armen stehe ich auf und setze mich aufs Sofa. Mit Ekel und Grausen starre ich auf den Pulk sich durcheinanderwälzender nackter Menschen vor mir. Es sind alles jeder für sich nette, liebe Menschen, die ich kenne. Aber sie sollen verdammt noch mal die Finger von mir lassen. Ich weiche hastig aus, als eine Hand nach mir grabscht und mich beinahe erwischt.

Die Laute, die das Ungeheuer mit den vielen Gliedmaßen von sich gibt, sind unerträglich. Ich seufze genervt und blicke auf meine Fingernägel. Ich sehe ein kleines Stück losen Nagel. Ich beiße drauf. Jemand stöhnt. Ich reiß ein bisschen ab. Ich höre Gekeuche. Ich packe es fester, beiße und reiße es ab. Ich höre Geheule. Ich betrachte andächtig die Struktur meines Fingernagels. Jetzt höre ich Gestöhn, Gekeuche und Geheul gleichzeitig, alles durcheinander. Ich seufze wieder und gucke böse auf die Menschen, die auf dem Boden übereinander herfallen. All dieses Fleisch. All diese Nacktheit. All diese Haut, die Hände, das Gegrabsche, Geküsse, Geschmatze, Gesauge, Gekneife. Ich habe schlechte Laune. Sehr schlechte Laune. Ich schlage etwas zu fest auf eine Hand, die bei mir kundschaften kommt. Ich winke verärgert ab, als jemand erstaunt zu mir hinsieht. Ich ziehe die Beine aufs Sofa hoch und schlage die Arme fest darum, damit sie nicht mehr an meine Füße und Unterschenkel kommen können.

Ich stehe auf und gehe auf Zehenspitzen durch diese körperliche Gewalt hindurch. Ich kann nicht weg, ich muss hier heute übernachten. Ich suche den Boden ab. Zwischen allerhand achtlos weggeworfenen Kleidungsstücken finde ich endlich den heißbegehrten Artikel: meinen Slip. Das kleine Stück Stoff ist in diesem Moment so viel mehr als nur ein schwarzer Baumwollstring: Es ist der Unterschied zwischen mir und den anderen, zwischen zivilisiert und wild, zwischen angeekelt und geil. Hiermit distanziere ich mich von diesem Geschehen. Ich gehöre nicht dazu. Ich will nichts damit zu tun haben. Zufrieden gehe ich in die Küche, um etwas Wasser zu trinken, zwar immer noch schlecht gelaunt, aber auch froh über meine unmissverständliche, rebellische Tat, mein unmissverständliches Zeichen. Beinahe im selben Moment, in dem ich den Mund an den Hahn setze, um etwas Wasser – genau die richtige Flüssigkeit für mich: kühl, klar und ein bisschen ernüchternd – zu trinken, spüre ich zwei triumphierende Hände, die mir mit einer fröhlichen Bewegung den String vom Hintern ziehen. Ich ziehe ihn wieder hoch. Sie ziehen ihn wieder runter.

Voller Widerwillen lasse ich mich auf den Boden ziehen, wo Menschen immer noch so tun, als ob die anderen einer besonderen Tiersorte angehören, die sorgfältig untersucht werden muss. Ich setze mich auf den Hintern, etwas von den anderen entfernt. Der Boden ist hart. Der Boden ist kalt. Einer Hand ist es gelungen, die Distanz zu überwinden und mir an die Brust zu fassen. Ich schaue drauf, als wäre es ein Geschwür, das einfach so in Rekordtempo aus meinem Körper herausgewachsen ist. Ich seufze laut und starre an die Wand. Weiß, mit ganz vielen kleinen Hubbeln drauf. Die Hand knetet ein bisschen herum. Als wäre es die Hand aus der *Adam's Family,* so führt sie ihr Eigenleben auf meiner Brust. Wie ein Einsiedler im Gebirge. Ich seufze noch einmal und stoße sie weg.

Ich stehe auf, höre auf mit den subtilen Verteidigungsmaßnahmen für meinen String und mache einfach, was ich will. Seufzend gehe ich in das andere Zimmer und mache die Tür hinter mir zu. Endlich. Ruhe. Stille. Kühle. Genau was ich will. Ich setze mich aufs Bett und zünde mir eine Zigarette an. Immer noch schlecht gelaunt, beginne ich zu rauchen. Ich bin allein, habe keinen Sex, und das ist gut so. Auf einmal geht die Tür auf, und ein idiotischer, jubelnder, trompetender Karnevalszug aus nackten Leibern kommt hereingehüpft. In null Komma nichts ist das ganze Zimmer voll mit sich aneinanderreibenden Körpern. Ich bin umzingelt von ziellosem Sextreiben. Von allen Seiten wird an mir gezogen und gezerrt. Aber ich habe keine Lust.

Ich will gar keine Orgie. Ich weiß nicht genau warum, aber ich hatte schon lange keine so schlechte Laune mehr wie jetzt. Ich habe immer gedacht, dass dies das Höchste wäre, die Walhalla, das Paradies. Aber das stimmt nicht. Jetzt habe ich endlich meine Orgie, und es macht mir gar keinen

Spaß, ich finde es dämlich, ich bin wahnsinnig schlecht gelaunt. Ich weiß nicht, was Ursache und was Folge ist: Bin ich schlecht gelaunt, weil mir die Orgie nicht gefällt, oder gefällt mir die Orgie nicht, weil ich schlecht gelaunt bin? Ich habe keine Ahnung. Aber es ist wie es ist. Ich schiebe und ziehe so lange an nacktem Fleisch, bis ein schmaler Streifen auf dem Bett frei wird. Da schlüpfe ich unter die Decke und sorge dafür, dass sie meinen Körper hermetisch abriegelt. Da kommt keine Hand mehr rein. Dann mache ich die Augen zu. Renske will gar keine Orgie, murmele ich noch leise.

Erwischt

*I*ch bin ungefähr dreizehn. Ich stehe unter der Dusche. Vorsichtig nehme ich den Duschkopf aus der Halterung und setze mich auf den Boden. Die kalten Kacheln in der Dusche drücken gegen meinen Rücken. Ich lasse das warme Wasser ein bisschen an mir herunterlaufen, so dass auch die kalten Kacheln, auf denen ich sitze, wärmer werden. Dann halte ich mir den Duschkopf zwischen die Beine und schließe die Augen.

Plötzlich höre ich von ganz nahe: »Rens?«

Schnell mache ich die Augen auf, und im selben Moment wird mit einem heftigen Ruck der Duschvorhang aufgezogen. Erschrocken gucke ich direkt in das Gesicht meiner Mutter. Sie sieht mich eine Nanosekunde lang an – für sie lange genug, um zu sehen, was hier los ist – und macht dann ganz schnell den Vorhang wieder zu. Ich komme so schnell wie möglich wieder auf die Beine, rutsche beinahe aus und stecke den Duschkopf zitternd wieder an seinen Platz zurück. Unter dem warmen Strahl fühle ich mein ganzes Gesicht glühen. Ich schäme mich in Grund und Boden. Ich steige aus der Dusche, und in einen großen Bademantel gehüllt, gehe ich schnell durchs Badezimmer, den Kopf gesenkt, dem Blick meiner Mutter ausweichend. Gott sei dank wurde darüber nie wieder gesprochen.

Irgendwann wird einem klar, dass die eigenen Eltern Sex haben. Das ist eine schreckliche, beängstigende und gigantische Erkenntnis, aber irgendwann kommt sie. Bis zu diesem Tag waren wir alle geschlechtslose Wesen. Bambis auf einer Wiese, Kinder im Schnabel des Storchs. Nach diesem Tag liegt ein perverser Dunst über diesem Bild. Die Erkenntnis wächst, und du begreifst, dass sie es vielleicht nicht nur dieses einzige, dringend notwendige Mal miteinander getan haben, um dich zu kriegen, sondern noch öfter. Und dass sie es immer noch tun.

Auch für die Eltern kommt einmal die Stunde der Wahrheit. Der Tag, an dem ihnen klar wird, dass ihre Kinder Sex haben. Der Tag, an dem ihre Kinder von einem unschuldigen Lämmchen zu einem schambehaarten Teenager mutieren. Von süßen Kinderträumen zu heißen feuchten Träumen. Von einer Puppe in der Schublade zum Dildo im Schrank. Von der Snoopy-Socke zur Wichssocke. Von Tim und Struppi zu Leidenschaft. Vom Ballon zum Kondom. Das ist kein einfacher Prozess. Es ist ein unausgesprochenes, schlummerndes Wissen, eine stillschweigende gegenseitige Erkenntnis. Jeder weiß es, aber niemand spricht es aus. Zwischen Eltern und Kind. Zwischen Kind und Eltern.

Und deswegen probiere ich mit aller Kraft, mein Sexleben beim Zusammenleben mit meinen Eltern außen vor zu lassen. Ich probiere, Bambi zu bleiben, ein sexloses Wesen, ein Pflänzchen. Das geht meistens ganz gut. Jungs übernachten zwar schon mal bei mir, aber das ist oben, da kommen die Eltern nicht hin. Aber dann darf sich auch kein Junge in knackigen Boxershorts fröhlich an den Frühstückstisch setzen. Solche Szenen vermischen die beiden Weltbilder zu sehr. Sie sind zu offenkundig, zu deutlich, zu aufdringlich. Es darf nicht erkennbar sein, dass ich Sex habe. Schon das nicht. Aber was unter allen Umständen verborgen bleiben muss, ist der ausgefallene Sex. Mit wem, wie viel und mit welchem Geschlecht. Weil ich für meine Eltern brav bleiben will. Unschuldig. Eine gute, keusche Nonne. Ihr kleines Mädchen. Sie wissen zwar Bescheid, aber wir spielen uns gegenseitig was vor.

Manchmal gibt es sie dann doch. Die Situation, in der beide Seiten nicht mehr so tun können als ob. Die sich durch nichts mehr kaschieren lässt. Das ultimative Aufeinanderprallen der Weltbilder.

Ich lag mit einem Jungen im Bett. Es war morgens. Wir waren gerade sehr beschäftigt, alberten herum und waren überhaupt nicht angezogen. Plötzlich geht das Licht im Flur an und die Tür auf. In der Türöffnung steht mein Vater. Er hat nur eine Unterhose an und das Telefon in der Hand, wahrscheinlich für mich. Mit einem erschrockenen Blick auf uns macht er sofort einen Schritt zurück, raus aus dem Zimmer. Es war das erste Mal, dass er den betreffenden Jungen sah. Wie vom Blitz getroffene Hamster liegen wir stocksteif da. Eine Sekunde später höre ich meinen Vater von der Treppe aus nach oben rufen, mit einem Lachen in der Stimme: »Ist es nicht ein bisschen früh für eine Runde Twister, Kinder?«

Der Junge und ich entspannen uns und lachen. Ein bisschen gequält, das schon.

Männer

*I*n Japan wurde über die Entbehrlichkeit des männlichen Geschlechts geforscht. Die ist total überwältigend. Zwei Mäuseweibchen haben nämlich ohne die Hilfe eines Mäusemännchens ein Kind der Liebe bekommen. Zwar musste dabei schon ein bisschen mit Hormonen herumgebastelt werden, aber sie haben es hingekriegt. Der Mann kann aussterben. Wir brauchen ihn nicht mehr.

Wie würde das aussehen, eine Welt ohne Männer? Was würde schiefgehen? Und was wird uns fehlen? Zunächst einmal müssten wir natürlich mindestens einen virilen Mann zurückbehalten, der dann die ganze Zeit in einem Kämmerchen masturbieren müsste. Aber dann auch wirklich den ganzen Tag, ununterbrochen, immer wieder, eine Ladung nach der andern. Am besten ein Schwarzer, dann kriegen wir eine Welt voller Schokokinder. Vielleicht sollte man aber lieber gleich ein ganzes Schiff voller Masturbanten haben, um Krankheiten, Erbfehler und eine gewisse Monotonie (wie sieht es doch seinem Vater ähnlich!) zu vermeiden. Allerdings ärgerlich, dass wir unsere Babys einschläfern müssten, wenn es Jungs sind. Die kommen dann in den Fleischwolf und werden zu Katzenfutter verarbeitet. Damit wären wir schon beim ersten Minuspunkt meiner Frauengesellschaft, denn ich bin zwar knallhart und eiskalt, aber nur so lange, bis etwas passiert, das mir ans Herz geht.

Sowieso müssten alle lesbisch werden. Das ist eine Grundvoraussetzung. Das hat viele Vorteile: Schön weich im Bett, einfühlsam, und man kann mit ihnen *Sex and the City* gucken. Frauen können dir die Haare flechten, die Beine enthaaren und trinken auch Latte macchiato. Sie haben ein ansteckendes Lachen, finden es super, »mal eben in den Laden da« reinzugehen, und heulen Rotz und Wasser bei *Der König der Löwen*. Ihr wisst schon, die Stelle, wo Papa stirbt und er so allein ist.

Männergerüche werden mir schon fehlen. Der klamme Achselgeruch am Morgen. Man denkt zwar jetzt, dass man gut drauf verzichten kann, aber ihr werdet euch noch nach der penetranten, salzigen Schweißluft sehnen. Natürlich kommen dann Produkte auf den Markt, Deodorants und Parfüms, deren einziges Ziel es ist, stinkende Männerpheromone zu verbreiten. Ein paar Spritzer über deinen lesbischen Liebes- und Lebenspartner, und du kannst wieder wie früher deine Nase in eine stinkende Achselhöhle stecken.

Vielleicht würde mir auch das Dominante und Herablassende der Männer fehlen, meine Opferrolle – verletztes Rehkitz versus gemeiner Löwe – das Grobe, Kühle, Gefühllose. Aber wir könnten ja vereinbaren, dass an bestimmten Wochentagen alle Frauen, deren Namen mit diesem oder jenem Buchstaben beginnt, sich den ganzen Tag lang arrogant und grob benehmen müssen. Also etwa so, dass sie sexistische Sachen rufen, anderen kräftig in den Hintern kneifen und sich abfällig über die Leistungen anderer auslassen.

Mir würden auch bestimmte Körperteile fehlen. Aber wir könnten ja einen erneuerten Hengst Billy auf den Markt bringen. Einen, der einen Dildo auf dem Rücken hat. »Jetzt für jedes Schlafzimmer: Billy – reite ihn selbst.«

Eine Frauengesellschaft würde dann allerdings bedeuten, dass es nur Frauen gäbe. Nur Frauen, überall Frauen, im Supermarkt: Frauen in der Schlange, bei den Regalen, bei der Kasse, Frauen, die die Regale füllen, Frauen im Anzug, kleine Mädchen, weibliche Säuglinge, Röcke, Beine, Brüste, Hintern. Und die können falsch sein, gemein, gehässig, zickig, spießig, dumm, schwach, unterwürfig, ängstlich. Und ich habe keine Lust, ihnen auch noch zu helfen. Die Welt wäre wie eine Party, auf der nur Frauen eingeladen sind. Das sind immer Scheißpartys.

Wir wären so bemitleidenswert. Wenn ich mir vorstelle, wie ich im Bett liege und meine lesbische Liebes- und Lebenspartnerin betrachte, wie sie auf Billy reitet, nach Männerachselhöhle riecht, sich Schmirgelpapier übers Kinn reibt und sich eine CD mit einer schweren, keuchenden Männerstimme anhört, dann wird mir klar, was uns fehlt. Uns fehlt ein Mann. Sagt selbst, was hat es jetzt noch für einen Sinn, sich mit einer Freundin *Sex and the City* anzugucken, ohne Männer?

Auch wenn meine Frauengesellschaft meinte, den Mann auf einen Rohling mit stinkender Achselhöhle und hartem Schwanz reduzieren zu können, sind Männer doch mehr als das. Sie sind unverzichtbar. Wir vermissen ihren zynischen Humor, ihr anerkennendes Nicken, ihr lautes Lachen, den Muskel in der Nähe ihrer Hüfte, die Schwulen, die großkotzigen Angeber, die athletischen Hochspringer, ihre ruhige und unaufgeregte Art. Wir können nicht ohne. Wir wollen was Kantiges, Haariges, Hartes. Wie Werthers Echte. Außen hart, innen weich. Oder andersrum. Es ist alles erlaubt.

Platonisch

Mein bester Freund und ich haben uns auf der Grundschule kennengelernt. Ich war viel zu groß und schlaksig und trug ausgeleierte, selbstgestrickte Pullover von meiner Oma. Ich war still und hatte nur eine Freundin. Das Mädchen sang bei *Kinder für Kinder,* galt gemeinhin als die Klassenschönheit und war bei allen beliebt. Es war dann auch nicht so gut für ihr Image, ihre Oilily-Jeansjacke neben meinen rosa Kaninchenpulli zu hängen. Wenn sie einen mutigen Tag hatte, setzte sie sich neben mich, aber viel öfter bedachte sie mich, drei Köpfe größer als sie, mit einem Naserümpfen und ließ sich selbsteingenommen neben jemand anderem nieder.

Der Junge, der mein bester Freund werden sollte, war ein Loser mit Aknepickeln, obwohl er in der Klasse immer der King war, wenn er die *Bravo* mitbrachte und Passagen aus Dr. Sommer zum Besten gab. Einmal sollte für einen bunten Abend mit der Klasse ein Song aus *Grease* einstudiert werden. Unter großem Gejohle und Gelache wurden der Junge und ich auserkoren, John und Olivia darzustellen, worauf wir uns, die Füße in den Boden gestemmt, mit großem inneren Widerwillen und unter kaum hörbarem Protest nach vorne vor die Klasse schieben ließen. Nachdem wir dann auf seinem Zimmer einen Tanz einstudieren mussten, hatten wir uns gefunden. Außer picklig war er auch noch kreativ, intelligent, originell und komisch. Im vorpubertären Alter schon diese Erleichterung, einen Freund gefunden zu haben: endlich jemand, der es auch kapiert. Nach einer vorsichtigen Anfangszeit, in der wir zusammen Tänze einstudierten, *Civilization* spielten, mittags in der Schule blieben und zusammen Butterbrote mampfend auf der Bank saßen, wurden wir immer bessere Freunde. Desto besser, je älter wir wurden. Wir waren immer zusammen, ein Duo, ein Team. Er war mein männliches Gegenstück, ich sein weibliches. Wir beendeten gegenseitig unsere Sätze, wenn der andere nicht mehr weiterwusste, lachten, wenn niemand sonst es komisch fand, begriffen, wo kein Mensch mehr was kapierte. Und daran hat sich nichts verändert. Wir sind immer noch etwas, wofür man die allerscheußlichsten Worte erfunden hat: Kumpel. Kameraden. Soulmates. Es tut schon weh, dass wir uns nur mit solchen Klischees umschreiben können.

Die Leute behaupteten immer, wir wären das perfekte Paar. Und das waren wir auch. Aber wir haben uns nie ineinander verliebt. Nie haben wir etwas gefühlt, wenn der andere sich aus- oder umzog. Noch nie haben wir uns bei einem romantischen Augenblick im Kino tief in die Augen geschaut. Noch nie haben wir uns berührt und dabei an mehr gedacht. Allerdings haben wir uns schon mal geküsst. Betrunken, als Scherz, »um zu sehen, wie sich das so anfühlt«. Es fühlte sich komisch an. Ein bisschen so, als ob man was küsst, was man eigentlich nicht küssen sollte, ein Beefsteak zum Beispiel. Oder vielleicht eher so, wie wenn man Familienmitglieder küsst, die man auch nicht so küssen sollte. Wir wollen es nicht voneinander wissen. Für mich soll er jemand sein, mit dem ich über Videoclips diskutieren kann, nicht jemand, der ein leises Geheul von sich gibt, wenn er kommt.

Wir sind nie ein Paar geworden. Es ist immer platonisch geblieben. Aber manchmal wollen wir beide insgeheim, dass es anders wäre. Denn eine platonische Beziehung kennt keine Regeln. Die Regeln, die eine normale Beziehung kennt. Große Regeln, wie »Du sollst keinen anderen vögeln«. Aber auch kleine, unterschwellige Regeln, wie »Du sollst nicht zu einer Party gehen, ohne mich zu fragen, ob ich mitwill«. Ich kann auf keine einzige bestehende ungeschriebene Regel zurückgreifen. Wobei es doch auch in einer platonischen Beziehung Dinge gibt, die man will oder nicht will, solche, die man am liebsten verbieten, und solche, zu denen man eigentlich ermutigen möchte. Wenn er zum Beispiel jemanden auf eine tropische Trauminsel mitnehmen darf, dann möchte ich natürlich, dass er MICH mitnimmt. Aber ich kann nirgendwo die Zügel anziehen, mich auf kein Gesetz berufen.

Ich hasse erst einmal alle seine Freundinnen, die dann nach Monaten doch auf einmal Menschen zu sein scheinen, und sogar ziemlich nette. Mit denen er dann lächerliche Sachen macht, wie telefonieren und sich verabreden. Und neulich ist er mit einer Frau zusammengezogen. Einer anderen Frau. Nicht mit seiner Freundin. Einfach mit einer anderen Frau. Ich könnte heulen vor Eifersucht. Aber ich kann nichts dagegen tun.

Wenn wir eine richtige Beziehung hätten, dann wäre es

anders gewesen. Dann hätte ich böse werden können, Forderungen aufstellen können. Dann gäbe es eine Bestätigung für unser Zusammensein, ein deutliches Statement gegenüber der Welt: Wir sind zusammen. Das kapiert dann jeder, dann funkt uns niemand mehr dazwischen.

Aber dann wäre alles anders. Dann könnten wir aufeinander böse werden wegen Lappalien, etwa, wie ich den Bäcker ansehe oder dass er auf Victoria Beckham steht. Dann würden wir nämlich über den andern urteilen, wären wir nicht immer gemeinsam gegen den Rest der Welt, sondern zusammen gegeneinander. Dann würde er verrückt werden von meinem Gemeckere und ich von seiner Gleichgültigkeit. Dann könnten wir uns trennen. Schluss machen. Einander nie mehr sehen. Aber dann hätten wir auch unser letztes Rettungsmittel nicht mehr. Unsere letzte Illusion, die von »später, wenn wir endlich zusammenkommen«. Das dürfen wir nicht verspielen. Das dürfen wir nicht gebrauchen beziehungsweise schon *ver*brauchen. Dieses Versprechen auf später, das wir eigentlich nie einlösen wollen und deshalb absichtlich so unbestimmt lassen.

Lecken

*W*ild küssend lassen wir uns auf dem Sofa nach hinten fallen. Ich ziehe schnell meine Sachen aus, bis auf meinen Slip, und erschrecke kurz über das reißende Geräusch, das mein Pulli macht. Wir machen mit Küssen weiter. Dann halten wir kurz inne und gucken einander an, hören unseren keuchenden Atem. Ich schiebe meinen Kopf in seinen Nacken. Mit der Stirn lehne ich mich gegen seine Schulter und kralle die Hände fest in seine Haare. Er küsst meinen Hals, erst wild, dann zärtlich. Ich beiße zärtlich zurück und schließe die Augen. Dann schweift sein Kopf ab, mit zarten Küssen zieht er eine Spur über meinen Körper, über meinen Hals und meine Brüste, dann zu meinem Bauch. Ich habe inzwischen die Augen wieder geöffnet und verfolge aufmerksam, wo es hingeht.

Ich fange an, etwas zu vermuten, und spüre, wie meine Erregung nachlässt.

Ich frage mich, wann ich es sagen soll. Ob ich es überhaupt sagen soll, denn mit einem Satz die Stimmung vermiesen, das mache ich nicht gerne. Aber als er anfängt, mit den Zähnen an meinem Slip zu zerren, halte ich die Zeit für reif.
»Liebling ... was machst du da?«

Er blickt hoch. »Hmm. Wonach, dachtest du, sieht's denn aus? Dass ich eine Vorlesung über die Ernährungsgewohnheiten der Meeresschildkröten halten will? Oder dass ich mich auf eine Nierenoperation vorbereite? Ich hatte vor, den hinderlichen Stoff zu entfernen.«

Ich gebe zu, dass das angesichts der vorhersagbaren Ereignisse, die da folgen werden, in der Tat etwas praktischer ist. Mit der wenig vorteilhaften Hintern-hoch-Stellung mache ich es ihm etwas leichter. Mit dem Kopf immer noch an der Stelle, wo eben noch eine Stoffhülle war, küsst er jetzt meine Hüfte und die Innenseite meiner Oberschenkel. Ich beschließe, dass ich jetzt doch deutlicher werden muss. »Äh … Schatz? Das mag ich nicht so.«

Wieder ein unmissverständlicher, kühler Eingriff in der erst so heißblütigen Situation. »Was? Küssen?«

Manche Leute machen es einem wirklich schwer. Sämtliche subtilen Andeutungen und kleinen Hinweise ignorieren sie so lange, bis sie einen zwingen, grob zu werden. Es war also nicht meine Schuld, wenn es jetzt ein bisschen hart klang. »Nein, Lecken.«

Wo meine Stimme eigentlich sanft und verblümt hätte sein müssen, kommt das Wort etwas zu scharf und pornomäßig an. Ich will solche Worte eigentlich auch nicht in den Mund nehmen, aber, wie schon gesagt, ich wurde dazu gezwungen. Der Typ guckt tatsächlich so, als hätte ihn irgendwas Schmutziges am Kopf getroffen, und richtet sich etwas auf. Mit meinen leicht gespreizten und hochgezogenen Beinen, und mittlerweile auch auf die Ellbogen gestützt, habe ich beängstigende Assoziationen von Geburt und Gebären.

Der Junge guckt mich verblüfft und fragend an. »Was? Warum denn nicht?«

Ich seufze etwas schwer und leicht gereizt, nicht wegen der Frage, sondern wegen der Vorstellung, geleckt zu werden. »Es ist immer so weich und klebrig und kribblig und nass. Ich werde davon immer entweder albern oder mir wird ein bisschen schlecht. Diese ganze Fummelei. Als würdest du mich massieren wollen und wärst die ganze Zeit nur mit meinem kleinen Zeh beschäftigt. Ich komme auch eigentlich nie von diesem Lassie-Gelecke.« Inzwischen ist da dieser gewisse Siegerblick in seine Augen getreten. »Weißt du, was mit dir los ist? Du bist einfach noch nie richtig gut geleckt worden.«

Aha. Jetzt ist es raus. Das hätte ich mir ja gleich denken können. Ich schließe leicht verärgert die Augen und frage mich, was das bloß ist. Wieso denken Jungs immer, dass sie Meister im Lecken sind? Ich kenne Horden von Jungs, die sich ›Leckkönig‹ oder ›Leckmeister‹ nennen oder sich mit »ich bin ein richtiger Lecker« vorstellen. Das sind dann meistens nicht gerade meine allerbesten Freunde, und ich bin auch der Meinung, dass solche Sprüche dringend abgestraft werden müssen. Aber die meisten Jungs stehen auf Lecken. Ich habe mich schon oft gefragt, was daran nun so toll ist, seine Schnauze in einer Muschi zu vergraben. Aber meistens sind es ausweichende Antworten, die man mit einem verträumten Blick in den Augen des Mannes zu hören bekommt: »Tja ... dieses Gefühl, mit dem Gesicht zwischen ihren Schenkeln ... ganz in ihrem Schoß ...«

Ich habe ein einziges Mal in meinem Leben dieses orale

Vergnügen schenken dürfen, und das war zugegebenermaßen ganz angenehm. Angenehm, so wie es angenehm ist, ein Eis zu essen, aber nicht so angenehm, wie die meisten Jungs behaupten.

Mit Lecken hab ich persönlich also wirklich gar nichts am Hut, aber vielen anderen Frauen scheint es zu gefallen. Dagegen ist an sich nichts einzuwenden, denn es gibt genug Lecker, die es ihnen gerne besorgen. Aber warum müssen die Männer einem unbedingt beweisen, dass es so toll ist, wenn man selbst längst beschlossen hat, dass es einem nicht gefällt? Wieso meint jeder Mann, das Leck-Rad neu erfinden zu müssen? Würde denn eine Frau bei einem Mann, der sagt, dass er keinen geblasen haben will, trotzdem weitermachen und hartnäckig behaupten, dass sie seine Gurke ganz bestimmt aufwärmen kann? Dass sie über die eine ganz ausgefallene Zungentechnik verfügt? Dass sie ihm schon zeigen wird, wie es richtig geht, und ihn in das Vergnügen einweihen will, das da heißt: »von ihr einen geblasen bekommen«?

Während ich noch überlege, ob ich mit dem Jungen eine zweifellos äußerst inspirierende Diskussion über seine Künste auf dem Gebiet des Leckens beginnen will, beschließe ich, einfach zu sagen, was ich wirklich will. Es ist schrecklich rührend, zu sehen und zu spüren, wie so ein Kerl sich abmüht und sich dabei auch eigentlich ganz wacker schlägt, aber Rührung rangiert nun nicht gerade in meiner Top-Drei von erotischen Gefühlen. Da schaue ich dann doch lieber einem Kleinkind zu, das versucht, ein dreieckiges Klötzchen durch ein viereckiges Loch zu stecken – was vielleicht ein ganz treffender Vergleich ist, wenn's ums Lecken geht. Also sage ich: »Sollen wir nicht einfach ein bisschen schmusen und dann vögeln? Ich glaube wirklich, dass du ein schrecklich guter Zungenkünstler bist. Es liegt einfach an mir.«

Ein klein bisschen verdutzt kommt er wieder nach oben. »Okay. Aber danach werde ich dich doch lecken. Es macht mir nichts aus, wenn du es ein bisschen kitzelig findest. Und ich finde es einfach super.«

Und, ach, ich bin ja auch nur ein Mensch. Gegen soviel süßen Egoismus kann ich nichts ausrichten. Ich bin ja nicht herzlos. Beschwichtigend sage ich dann auch: »Okay. Dann mach schon. Aber erwarte nicht, dass ich das toll finde, klar?«

Frühling

*M*eine Flip-Flops biegen sich um die Pedale. Mit einer Hand halte ich meinen Rock fest, damit er nicht vom Wind hochgeweht wird. Die Haare flattern mir vor den Augen, aber ich kann sie nicht wegstreichen, weil beide Hände beschäftigt sind. Ich radle durch den Wald. Die Luft ist frisch, würzig und ein bisschen feucht. Es ist noch früh, und es sind noch nicht viele Leute unterwegs. Die Sonne scheint. Wenn ich aus dem Schatten der Bäume in einen offenen Teil des Waldes radle, wo die Sonne scheint, spüre ich, wie warm es schon ist. Es ist still, ich höre leise ein paar vereinzelte Vögel und ein Summen in der Luft. Ich spüre, wie eine Biene an meinem Gesicht vorbeifliegt. Für einen Moment höre ich ein lautes Brummen an meinem Ohr, dann fliegt sie schnell weiter.

Ich lasse meinen Rock los und streiche mir durchs Haar. Ich kneife die Augen ein bisschen vor der Sonne zusammen. Ich fühle mich glücklich, fröhlich. Meine Beine, die kräftig in die Pedale treten, fühlen sich stark an, mein Rock ist luftig und schiebt sich anmutig hoch, und meine Haare wehen hinter mir her. Die Sonne scheint, und durch diese einfache Tatsache fühle ich mich auch sonnig und frisch. Wie eine Figur in einem Disneyfilm. Charmant, aufgeräumt und leichtfüßig. Das Einzige, was noch fehlt, ist ein Reh, das übermütig neben mir herspringt, ein Schwarm Schmetterlinge, der sich in meinen Haaren niederlässt, und ein Vogel, der sich auf meinen ausgestreckten Finger setzt. Meine Wangen sind gerötet. Ich fühle mich rosig, frisch und zart. Ich seufze und sauge tief die Frühlingsluft ein.

Aber dann verschwinden plötzlich alle sanften, unschuldigen Gefühle und Bilder, um einem großen und überwältigenden Gefühl Platz zu machen: Lust. Das Gefühl in meinem Bauch wächst. Pornobilder verdrängen die schlanken Rehe, Stöhnen übertönt die Vögel, Geilheit erdrückt Lieblichkeit. Mit einem Schlag bin ich heiß. Auf einmal fühlt sich die Sonne auf meiner glatten Haut an wie eine zarte, sinnliche Berührung, riecht der Wald nach frischem Schweiß, zittert die Luft vor Verlangen. Während des Radelns versinke ich in Fantasien, in Bildern, in einem zügellosen Strom von Lust.

Ich vergesse die schöne Natur um mich herum, ich vergesse, einen Blick auf die jungen Enten zu werfen, auf die putzigen Eichhörnchen oder seltenen Spechte. Ich vergesse, wo ich hin muss, zur Vorlesung, und dass ich eigentlich über Aufsätze und Analysen nachdenken sollte. Ich vergesse, dass ich noch Leute anrufen muss, dass ich Termine machen muss, einen anderen absagen und mir dafür noch eine Ausrede ausdenken muss. Ich versinke in einem See schwitzender Leiber, stöhnender Menschen, fester Hände, bebender Haut, dampfender Hitze und Geilheit. Ich will jetzt, hier, mit der weichen, heißen Sonne auf meinem bloßen Rücken, ins feuchte, frische Gras sinken.

Ich radle an einem Wäldchen vorbei. Ich bin in einer bekannten Cruising-Area für Schwule gelandet, und noch nie habe ich sie so gut verstanden wie jetzt. Ich sehe Männer. Männer, die herumlaufen und dabei möglichst unauffällig suchen und spähen. Einige ohne T-Shirt. Wenn ich genau hinsehe, erkenne ich Männer zusammen zwischen den Bäumen stehen. Ich verstehe sie. Sie können, sie werden es tun, auf dem Moos, schnell, hastig, ohne Worte. Ein erstickter Seufzer, ein unterdrückter Schrei. Tastende Hände, halbausgezogene Kleider. Geile Blicke, taxierende Augen.

Ich radle weiter. Die Sonne scheint mir jetzt voll ins Gesicht, und ich spüre, wie mir ein kleines Schweißtröpfchen über den Rücken rinnt. Außer Erregung fühle ich jetzt auch noch andere Dinge. Ich fühle mich leicht, schwebend, verwirrt und ein bisschen benommen. Mir ist, als würden irgendwelche Stoffe rasend schnell durch meinen Körper strömen, als könnte ich sie fühlen. Lange, prickelnde Ströme in meinem Körper. Ich bin immer noch heiß, *frisky*, aber noch fröhlicher als vorher. Es kommt mir vor, als wäre ich verliebt. Mir fällt nur niemand ein, auf den sich dieses Gefühl dann im Besonderen richten könnte. Es ist, als ob ich einfach so verliebt bin, in alles und niemanden. Es braust.

Endlich komme ich bei der Uni an. Ich steige vom Rad und versuche, mich zu konzentrieren. Meine Haut fühlt sich warm an, und ich streiche mir mit zitternden Händen durchs Haar. Ich rauche erst mal eine, um wieder ein bisschen zur

Ruhe zu kommen. Meine Kommilitonen kommen einer nach dem andern nichts ahnend angeradelt. Ich fühle mich ertappt. Als ob ich gesündigt hätte. Als ob es verboten wäre, den Frühling ein bisschen zu genießen.

Beziehungen

*M*it den Augen folge ich meinen Fischen. Ich sitze im Schneidersitz vor meinem Aquarium. Um mich herum ist es dunkel, die Neonröhre erleuchtet als einzige Lichtquelle grell mein Gesicht. Träge schwimmen einige Fische hin und her, andere beschleunigen ihr Tempo, um sich gegenseitig zu verjagen, wieder andere führen einen nicht nachvollziehbaren Balztanz auf. Für mich sind meine Fische mein ambivalentestes Vergnügen: Ich finde sie wunderbar beruhigend, aber sie spielen auch eine Hauptrolle in meinen schrecklichsten Alpträumen. In meinem unangenehmen morgendlichen REM-Schlaf träume ich mit beharrlicher Regelmäßigkeit, dass etwas ganz Schlimmes mit Fischen passiert. Dass ich zum Beispiel vor einer Mauer übereinandergestapelter Aquarien stehe, die plötzlich alle zerbrechen. Tausende von Fischen strömen an meinen bloßen Füßen vorbei, glatt und kalt und zappelnd. Sie starren mich alle an und wollen von mir gerettet werden, aber es sind so viele, dass ich nicht weiß, wo ich anfangen soll.

Ich nehme einen Schluck Bier und starre vor mich hin. Vor-sich-hin-Starren wird oft verkannt, Menschen haben dann den Zwang, einem mit hysterischem Rumgefuchtel vor den Augen und einem lauten Huu-huu! aus der Welt des angenehm verträumten Nichtsehens herauszuhelfen. Ich jedenfalls starre vor mich hin, und das hell erleuchtete Aquarium verschwimmt zu einem hellgrünen Nebel mit bunten Flecken.

Ich werde in meiner persönlichen Ruhe-Tantra-Sitzung abrupt von meinem Telefon unterbrochen, das mit seinem elektronischen Gebimmel die Stille durchschneidet. Abwesend nehme ich ab, um sofort von einer begeisterten Stimme begrüßt zu werden, die noch lauter plärrt. »Rens! Du musst sofort hierher in die Kneipe kommen, ich muss dir was erzählen! Ich mache in Zukunft alles anders, jetzt habe ich es endlich begriffen!«

Diese kryptische Information kommt von einem Freund, von dem ich diesen Stil gewohnt bin. Mit einem kleinen Schuss ADHS in seinem ohnehin schon ziemlich expressiven Charakter gesegnet, ist er die Personifizierung eines leichten Tornados. Man muss dafür in Stimmung sein, aber dann ist es auch eine sehr angenehme Erfahrung, von seinem unerschütterlichen Optimismus überspült zu werden. Ich war zufällig in Stimmung, und so ging ich zu ihm in die Kneipe.

Er wartet schon auf mich, Bier im Anschlag, und noch bevor ich mich setzen kann, lässt er seine aufgestaute Energie auf mich niederkrachen. »Rens. Von jetzt ab mache ich alles anders. Ich gebe das Konzept ›Beziehung‹ auf.«

Ich nehme einen Schluck von meinem Bier und schaue ihn an.

»Echt. Es muss anders werden, Beziehungen funktionieren bei mir nicht. Sie sind nur ein kulturell bedingtes Gefängnis. Warum muss man jemanden für sich beanspruchen, um glücklich mit ihm zu sein? Warum sollte man schöne Menschen wie Schmetterlinge in einen Käfig stecken? Wenn der Schmetterling jedes Mal wieder zu dir zurückkommt, ist das doch auch eine Beziehung, oder? Warum sollte der Schmetterling dann seine Liebe nicht mit anderen teilen dürfen? Es gibt nur Liebe. Ich bin jedes Mal verliebt, in viele Menschen. Warum muss man so ein Gefühl definieren und irgendwelchen Regeln unterwerfen? Warum können wir nicht alles miteinander teilen?«

Ich seufze, weil ich gegen jegliche Guru-Sprüche extrem allergisch bin. Vor allem bei abstraktem Gefasel mit poetischen Metaphern über Schmetterlinge fange ich an zu rebellieren, dann bekomme ich richtig Lust zu nerven. Ich seufze noch einmal und sage: »Mensch, ganz toll und hippiemäßig goldig find ich das.«

Er guckt mich kurz prüfend an und versucht, meinen Sarkasmus zu ignorieren. »Echt, Renske. Du darfst dich selber nicht in einen Käfig stopfen. Es gibt nur Liebe, teile sie.«

Erst später habe ich dann darüber nachgedacht, was er genau gesagt hatte. Seine ganzheitliche Liebesguru-Tour sprach mich zwar überhaupt nicht an, auch wenn ich ihm das so nie ins Gesicht sagen würde. Aber im Grunde versuchte er, über das Konzept ›Beziehung‹ zu sprechen. Er geht jetzt mit verschiedenen Frauen ins Bett, die auch mit verschiedenen Männern ins Bett gehen, und die alle voneinander Bescheid wissen. Alle mit der Vorstellung: Wir finden einander nett, und das sagen wir zueinander und handeln danach, aber wenn du andere Leute auch nett findest, dann kannst du tun, wozu du Lust hast. Sehr Sechziger Jahre. Und ohne den ganzen Gurujargon finde ich die Idee auch gar nicht so übel. Warum soll man sich eigentlich beschränken, mit all den unangenehmen Folgen? Warum gehe ich nicht einfach mit einem Haufen Menschen eine verständnisvolle »Nicht nehmen, sondern geben«-Beziehung ein? Warum kann man nicht glücklich sein mit verschiedenen Menschen und ausschließlich »Liebe« erzeugen?

Aber das will ich nicht. Letztendlich will ich mit einem einzigen Menschen glücklich sein. Letztendlich suche ich unter all meinen Sexualpartnern den Einen. Ich brauche eine Beziehung. Ich würde gerne die Liebestheorie befürworten, in die sich mein Freund mit solcher Begeisterung stürzt, aber ich kann es nicht. Ich bin nicht so großzügig und liebevoll. Meiner Meinung nach brauchen Menschen eine Beziehung. Menschen sind keine großzügigen Wesen, die philosophisch über Liebe nachdenken können. Menschen sind egoistisch und beschränkt. Ich jedenfalls bin so. Ich will einen Menschen für mich beanspruchen, festhalten, ich will Exklusivität. Wir Frauen wollen die Männer bei uns behalten, damit sie uns vor wilden Bären beschützen. Männer wollen ihren Samen loswerden und ihr Kind beschützen. Und nicht nur biologisch, auch gefühlsmäßig: Ich will Zuneigung, Geborgenheit, Intimität.

Es ist klar, dass Beziehungen oft nicht mehr so funktionieren, wie sie funktionieren sollten. Menschen gehen fremd, bleiben aus Bequemlichkeit beieinander, bleiben in Alltagstrott und Bequemlichkeit stecken. Aber trotzdem werde ich, glaube ich, immer hoffen, die perfekte Beziehung zu finden, einmal, irgendwann, und deswegen werde ich es immer wieder aufs Neue probieren. Erst verlieben wir uns, eine rein chemische Reaktion, und als Nächstes wollen wir die Versicherung, dass der andere bereit ist, Opfer für uns zu bringen. Das gehört dazu, das ist ein Gradmesser für die Liebe. Ich will gar nicht, dass der andere so glücklich wie möglich ist. Ich will, dass er mit MIR so glücklich wie möglich ist. Ich ertrage es nicht, wenn jemand seine Liebe auch einem anderen schenkt. Die Vorstellung, austauschbar zu sein, gefällt mir nicht. Wir wollen einmalig sein. Alle.

Kumpel-Komplex

*I*ch liege mit dem Bauch auf meinem Bett und stopfe mir gedankenlos Erdbeeren in den Mund. Ich sehe den Jungen an, der mir die Erdbeeren mitgebracht hat. Er sitzt auf einem Stuhl und guckt mich lieb und freundlich an. Ich bin gerade dabei, ihm voller Begeisterung von meinem letzten Date zu erzählen. Während meines dramatischen Monologs wälze ich mich ein bisschen auf meinem Bett herum und probiere ein paar gymnastische Übungen aus, mehr aus Langeweile als aus irgendeinem Bedürfnis heraus. Ich ziehe meine Socken hoch, die so dick und formlos sind, dass sie mir ständig herunterrutschen.

Ich sitze auf einem Stuhl in ihrem Zimmer. Sie hat kichernd und umständlich einen Stuhl aus dem Zimmer ihres Bruders geholt und mir dabei erzählt, dass sie keine Stühle hat, weil sie »in ihrem Zimmer doch nur schläft und deswegen keine Stühle braucht«.

Sie liegt jetzt auf dem Bett, während sie die Erdbeeren, die ich ihr mitgebracht habe, aufisst. Ich schwöre, dass sie absichtlich langsam isst. Und sie guckt mich dabei an. Ich glaube, sie will mich. Sie hat absichtlich so ein lässiges Outfit angezogen, so eins von wegen »ich habe volle zwei Stunden lang überhaupt nicht drüber nachgedacht, aber ich bin eben so was von natürlich, einfach bärengeil.« Mit ihren Wollsocken. Die zieht sie jetzt hoch, um die Aufmerksamkeit auf ihre Beine zu lenken. Ich werfe doch mal ganz kurz einen Blick auf ihre Beine. So nackt.

Ich nehme mein Kissen, stopfe es mir unter den Busen, so dass ich mein Kinn drauflegen kann, und wedle mit den Beinen in der Luft herum. In einem Schwung geht's dann weiter zu meinem letzten Exfreund, wonach ich eine subtile Brücke schlage, um auch noch ein bisschen über die zwei davor zu erzählen.

Er schweigt und guckt mich verständnisvoll und ermutigend an. Für ein Weilchen liege ich auf dem Rücken, Kopf überm Bettrand, und rede mit ihm darüber, was ich nun eigentlich in einer Beziehung will, während ich in meinem Haar herumzwirbele, das in langen Locken herunterfällt und mich im Gesicht kitzelt. Ich lächle ihm zu, weil mir die Nase juckt.

Nach einer Weile stehe ich, immer noch redend, auf und fange an, meinen Kleiderschrank zu inspizieren. Während ich mich über die schönen und schrecklichen Augenblicke zwischen mir und meinem ersten Freund auslasse, hole ich ein paar Sachen aus dem Schrank. Und auch als ich meinen dicken Wollpulli ausziehe, erzähle ich weiter, es folgen Hausjoggingrock und Socken, bis ich in meiner Unterwäsche dastehe, während ich weiter über den Typ jammere, der einfach nicht zurückruft. Er seufzt zustimmend.

Worüber redet sie da eigentlich? Verdammt, schon wieder über ihre Freunde. Sie wälzt sich da wie verrückt auf dem Bett herum. Jetzt lächelt sie mir zu. Weil sie mich will. Ist doch so, oder? Ich kenne sie jetzt schon ein halbes Jahr, und das macht sie immer, wenn sie mich sieht. Sie will mich, aber ich muss noch den richtigen Augenblick abpassen. Hätte nichts dagegen, wenn sie mal aufhören würde, mir ständig von ihren Freunden zu erzählen. Das ist mir doch schnurzegal. Jetzt steht sie auf. Ich glaube, ich weiß, was sie tun wird. Ich seufze.

Noch immer plaudernd und vor mich hin summend gehe ich in meinem String durch mein Zimmer, um mir einen anderen BH zu holen. Halb mit dem Rücken zu ihm ziehe ich meinen BH aus und den andern an. Ich nehme einen anderen Slip und ziehe ihn an, während ich lächelnd erzähle, was ich neulich erlebt habe. Danach schlüpfe ich in einen engen Rock. Ich werfe einen prüfenden Blick in den Spiegel, nicke mir kurz anerkennend zu und fahre mir durch die Haare.

Das macht sie immer. Sie foltert mich damit, aber sie macht es immer. Macht sie es, um mich herauszufordern? Will sie, dass ich was unternehme? Da. Da fallen schon die Hüllen. Jetzt noch der BH. Ich sehe ihren Rücken, halb ihre Brüste, ihren Bauch. Ich sehe, dass sie sich schön anzieht. Ein geiles Outfit. Aber nicht für mich. Für mich zieht sie einen Häschenpulli an. Und für irgendeinen notgeilen Stecher, von dem sie sich später knallhart durchvögeln lässt, zieht sie einen Minirock an.

Ich drehe mich zu ihm um. »So. Ich muss jetzt los. Ich hab ein Date. Danke fürs Zuhören.« Ich gehe zu ihm und hocke mich kurz vor ihm aufs Bett. Ich sehe ihn an, und einen Moment lang sind wir beide still.

Jetzt kommt sie auf mich zu. Sollte sie doch vielleicht …? Sie wiegt mit den Hüften, verdammt, jetzt passiert was. Jetzt kniet sie sich hin, aufs Bett, und kommt mit dem Gesicht ganz nah zu mir ran. Es ist still. Wir sehen uns an.

Ich sehe ihn lieb an. Mit einem »es ist so toll, dass wir Freunde sind, du bist wie ein Bruder für mich« unterbreche ich die Stille. Dann stehe ich auf, und mit einem Lächeln streichle ich ihm kurz über die Wange.

Obwohl ich es schon öfter gehört habe, ist es doch jedes Mal wieder wie ein Schlag ins Gesicht. Der Satz. Dieser Satz. Wieder dieser Satz. Diese verblümte Formulierung, dieser Euphemismus, die Metapher, das Synonym. Wir Sind Freunde. Ergo: Wir Werden Niemals Miteinander Vögeln. Ich denke jedes Mal wieder: vielleicht heute. Aber ich muss, glaube ich, endlich kapieren, was ich bin. Ich bin ein Kumpel. Der Junge, mit dem sie über ihre Freunde redet, für den sie sich keine Mühe gibt, dem sie ohne weiteres Blicke auf ihren Körper erlaubt, weil er ihr Kumpel ist. Der ewige ›gute Freund‹. Ein Streicheln über meine Wange. Als ob ich ihr Hund wäre. Und eigentlich bin ich das auch.

Der Test

Mit einem langen Nagel, messerscharf an den abgebissenen Rändern, reiße ich die Verpackung auf. Zerstreut überfliege ich die Verpackungsbeilage. Gar nicht so einfach, mit den verschiedenen Teilen, die man ineinanderklicken muss. Aber was ich als Erstes tun muss, ist klar. Pissen. Auf das weiche, stoffähnliche Teil. Ich rolle meinen Rock hoch und setze mich aufs Klo. Vorsichtig halte ich mir das Stäbchen zwischen die Beine. Es klappt nicht. Ich starre immerzu auf das Stäbchen, weiß, jungfräulich, unschuldig. Gleich werde ich darüber pinkeln. Dann ist es besudelt, schmutzig, verdorben. Nicht nur durch die Substanz, sondern auch durch das, was sie darstellt. Der Urin ist schuldig.

Mit der größtmöglichen Konzentration pinkle ich auf das Stäbchen. Ich gebe mir Mühe, gut zu zielen, was schwieriger ist, als man denkt. Wie viel ist wohl genug? Könnte es zu wenig sein, oder vielleicht zu viel, so dass ich es ganz weichgepinkelt habe?

Ich wasche mir die Hände und befolge haargenau die anderen Anweisungen. Es kommt mir wie eine Art Ritual vor. Ich bin ganz allein zu Hause, angespannt und voller Beklemmung, und die Handlungen, die ich jetzt verrichte, haben eine träge, mystische Sorgfalt an sich. Als ich mit den Vorbereitungen fertig bin, sehe ich mich im Badezimmerspiegel an.

Da sehe ich eine Frau, die in drei Minuten wissen wird, ob sie ein Kind bekommt.

Ich warte. Ich warte ganz bewusst. Ich sehe zu, wie die Zeit vergeht, wie der Zeiger vorrückt, ich höre das Ticken. Warten ist mit Recht eine der größten Frustrationen der Menschheit. Du musst etwas tun, aber davor musst du warten und darfst also nichts tun. Stunden mit nichts füllen. Die Beschäftigung besteht darin, nicht beschäftigt zu sein.

Den Rücken gegen die kalten Kacheln gedrückt, gleite ich langsam zu Boden. Da sitze ich, den Kopf an die Wand gelehnt, die bloßen Füße auf der Badezimmermatte. Meine Uhr in der einen Hand und das Stäbchen in der anderen. Noch zweieinhalb Minuten.

Plötzlich komme ich mir dämlich vor. Natürlich bin ich's nicht, ich mache mich verrückt, manche Leute probieren es jahrelang, in allen möglichen Stellungen und auf alle möglichen Arten, und bei mir soll dann gleich der erste Ausrutscher ein Volltreffer sein? Ich sitze hier zählend auf dem kalten Kachelboden und führe mich auf wie jemand, der mit melodramatischen Highschool-Serien aufgewachsen ist. Einmal die Pille ausgekotzt und gleich schwanger. Ein gerissenes Kondom, schwanger. Ich seufze. Tief in meinem Innern weiß ich, dass es Unsinn ist, so zu denken. Diese laute Stimme in meinem Kopf, die die andere niederschreit. Die mein felsenfestes »Ich doch nicht«-Gefühl zu erschüttern versucht. Ich bin doch unverletzlich? Aber jeder denkt ja, dass er unsterblich ist. Noch zwei Minuten.

Angenommen, es ist wirklich so. Ein Baby. Nein, kein Baby. Ein Haufen Zellen, ein Klumpen Gene, eine Art Gebrauchsanweisung für einen Bausatz. Welche Anleitungen wohl in so einer Gebrauchsanweisung stehen? Graue Augen und ein glückliches Händchen fürs Kaninchenzüchten? Oder schlanke Finger und Talent fürs Computer-Hacken? Es wäre logischer, wenn die Bausteine etwas näher bei mir lägen. Denn der Zellklumpen ist doch zur Hälfte von mir. Wie soll das aussehen? Ich male es mir kurz aus, flinke Füßchen, kleine Nikes, blonde Locken. Mit einem Kind bist du nie mehr allein. Und es wird reden, lustige Sachen sagen, so wie ich früher: »Ich hab keine Angst vor dem großen bösen Wolf, aber darüber nachdenken tu ich ab und zu schon.« Und Vorlieben entwickeln, eine bestimmte Sorte Humor, Talente, Charaktereigenschaften. Das wird dann ein Mensch. Ein Mensch mit der Hälfte von mir drin. Noch eine Minute.

Ich stehe auf und mache eine Runde durchs Badezimmer. Ich meide ängstlich das Stäbchen, wo in absehbarer Zeit die Streifen wie das Jüngste Gericht zum Vorschein kommen werden. Als ob Gottes Finger sie vom himmlischen Gericht aus eben mal selber draufmalt. Ich sehe mich wieder im Spiegel an. Ich sehe ein Gesicht, meines. Es ist jung und sieht ängstlich und gespannt aus. Ich betrachte mich. Und ich sehe jemanden, zu dem viele Wörter – Substantive und Adjektive – passen. Aber ›Mutter‹ ist nicht dabei. Ich bin keine Mutter. Wie kann ich verantwortungsbewusst ein Kind aufziehen, wenn ich noch nicht einmal die Verantwortung dafür tragen kann, dafür zu sorgen, dass ich nicht schwanger werde? Das ist doch der Grundwiderspruch bei jeder ungewünschten, aber letztlich akzeptierten Schwangerschaft.

Ich will kein Kind. Ich will kein anderes Leben. Später schon, aber jetzt noch nicht. Ich schaue mir im Spiegel in die Augen und mir wird klar, dass die Gründe, ein Kind zu kriegen, die ich mir vor einer Minute ausgedacht habe, allesamt egoistische, egozentrische Gründe waren. Ein Kind zum Angeben, etwas gegen die Einsamkeit. Die Eintrittskarte zur Unsterblichkeit. Ein Schutz vor der Vergänglichkeit. Ich bin ganz klar noch nicht reif für ein Kind. Die wahren Gründe habe ich noch nicht gefunden. Die Zeit ist um.

Ich schaue auf das Stäbchen. Ein Minus. Ich setze mich auf den Rand der Badewanne, schließe die Augen und stoße einen tiefen Seufzer aus. Ein Minus. Nicht schwanger. Negativ. Minus, also eigentlich schlecht. Ein seltsames Gefühl. In meine Erleichterung mischt sich ein kleines bisschen Bedauern.

Macht

*I*ch stehe in einer verschwitzten Disco, an eine Säule gelehnt. Um mich herum sehe ich im blitzenden Licht wild tanzende Menschen. Mir gegenüber steht ein Typ, der heftig gestikuliert und fröhlich dreinschaut. Er hört kurz mit seinem Gefuchtel auf und guckt mich an. Er dreht sich zu mir und flüstert mir ins Ohr: »Du bist so schön. Wie ein Engel«, worauf er verlegen den Kopf senkt. »Am liebsten würde ich dich die ganze Zeit ansehen«, fügt er noch schüchtern hinzu, während er süß zu mir aufschaut.

Ich sehe ihn glasig an, finde, dass er irgendwie einem Hasen ähnlich sieht, flauschig und ein bisschen verloren, und lächle abwesend. Aber in meinem Kopf passiert etwas ganz anderes. Mit großen Schritten kommt der Hase auf mich zu. Mit festem Griff packt er mich im Nacken und zwingt mich aufzublicken. Er greift mir in die Haare und zieht sie herunter, so dass ich gezwungen werde, seinem Blick zu begegnen. Ich will etwas sagen, aber der Hase legt mir seine andere Hand auf den Mund. Grob zieht er mich auf die Seite und schiebt mich vor sich her zur Toilette. Dort angekommen, schließt er die Tür ab und beginnt, mich heftig und wild zu küssen.

Er reißt mir die Hose herunter und fängt an, mich zu vögeln. Wild, grob, hart. Ich kann nichts dagegen tun und lasse es über mich ergehen. Mit der einen Hand hat er mir die Arme über den Kopf gedrückt und hält sie da mit eisernem Griff fest, so dass ich, gefangen und gefesselt, gegen die Mauer gepresst werde. Seine andere Hand liegt um meinen Hals. Ich spüre, wie der Hase den Druck um meine Kehle verstärkt, so dass ich nur mit Mühe schlucken kann und keuchend Atem hole.

Ich bin eine verkappte Masochistin. Halb-spielerische Grobheit und halb-gemeine Rohheit finde ich erregend, und ich verliere jede Lust, wenn einer nur lieb und brav ist. Ich bin eine Frau, die widerwillig zugibt, dass sie heimlich doch auf den Macho-Kerl aus dem Schwimmbad steht. Lieb sein finde ich meistens nicht sexy, ich suche eher einen Sparringpartner, am liebsten einen, der es mit links mit mir aufnehmen kann. Ich finde es manchmal sogar schön, erniedrigt zu werden, unterwürfig zu sein, das wollüstige, willige Lämmchen im Bett des Alpha-Männchens zu sein. Seine körperliche Überlegenheit flößt mir Angst ein *und* schafft Vertrauen, aber er muss wissen, wo die Grenzen liegen.

Es ist diese Unsicherheit, das Gefühl, mitgerissen zu werden, beritten zu werden und nicht zu reiten, genommen zu werden und nicht zu nehmen. Du bist abhängig, du hast keine Wahl, keinen eigenen Willen, dein Schicksal liegt in seinen Händen. Du bist eine Beute, mit der gespielt wird.

Auch auf anderer Ebene sind ungleiche Machtverhältnisse sexy. Wenn ich einen Psychologen hätte, hätte ich schon längst einen Stufenplan mit dem Titel »Psychologe auf der Couch« gehabt. Ich habe viel aus schlechten Romanen gelernt, und aus ihnen habe ich erfahren, was einen Mann sexy macht. Es ist ein bisschen unfair, aber ich sehe es überall um mich herum: Die lieben, aber temperamentlosen Müslitypen mit ihren netten Worten und roten Bäckchen sind nicht die Männer, bei denen uns heiß wird. Es sind die Widerlinge, die Arschlöcher, die brutalen Rohlinge, bei denen wir weiche Knie kriegen.

Mein Hase hat mir inzwischen die Kehle halb zugedrückt. Wenn ich atme, klingt es rasselnd und piepsig. Seine Hände, die meine Arme zusammenhalten, drücken hart gegen meine Handgelenke, so dass da oben jetzt alles ein bisschen gefühllos wird. Er hat die Augen geschlossen, hält das Gesicht aber trotzdem abgewendet. Er stößt kräftig und regelmäßig. Ich kann nichts dagegen tun, dass mir ein hohes und dünnes Seufzen entfährt, jedes Mal wenn sein Körper gegen meinen rammt.

Meine Augenlider zittern, als meine Pupillen langsam wegsacken. Ich höre jetzt nur noch verschwommene Echos, zeitverzögert und so, als würden sie sich langsam um mich herumbewegen. »Nimm mich«, höre ich mich selber mit heiserer Stimme sagen. Die Wand kommt auf mich zu. Wahrscheinlich komme eher ich auf die Wand zu. Hart und schmerzhaft schlage ich mit der Stirn gegen die Wand, wonach ich kurz das Bewusstsein verliere. Dann merke ich, dass der Hase weitermacht, aber jetzt mit jedem Stoß meine Stirn gegen die weißen Kacheln knallen lässt. Verschwommen sehe ich, wie die weißen, sauberen Kacheln mit meinem hellroten Blut beschmiert werden. »Weiter…«, murmele ich röchelnd.

Erhitzt und verwirrt schrecke ich aus meinen Gedanken auf. Die Musik wummert durch den Raum, und die Gesichter nehmen die Farbe des wechselnden Lichts an. Ich suche Halt an einer Säule und bin entsetzt. Was war das? In meinem Kopf habe ich mich vom Kick der Kraft mitreißen lassen, vom Genuss der Unterwürfigkeit, aber viel, viel zu weit.

Könnte ich zu weit gehen? Könnte ich in einer Abwärtsspirale von Macht und Machtspielen landen und tatsächlich in so einer Situation, in der ich es geil finde, wenn mein Kopf blutet und meine Kehle röchelt? Verbirgt sich in mir eine waschechte Masochistin, eine beschädigte Person, die tatsächlich zulässt, dass sich Lust, Angst und Zügellosigkeit vermischen? Würde ich wissen, wo ich meine Grenzen ziehen muss, und sie dann auch einhalten?

»He … Ist alles okay? Du siehst ein bisschen blass aus. Woran denkst du?« Die besorgte Miene des Hasen erscheint direkt vor meinem Gesicht. Aus dem Augenwinkel sehe ich, dass seine Hand schon dabei ist, sich auf meinen Arm zu legen. In einer unkontrollierten Panikreaktion schlage ich seine Hand weg, sehe ihn mit einer Mischung aus Schrecken, Abscheu und Verachtung an und haue ab. Er blickt mir verwundert nach.

Flirten

*I*n der Tierwelt gibt es Methoden, um deutlich zu machen, dass man sich eine ordentliche Partie erotische Gymnastik schon vorstellen kann. Wenn man etwa als Affe das starke Gefühl hat, dass du und der andere kompatible Gene haben, kannst du einfach ausgiebig deinen großen roten Hintern aufsperren, um die Pracht deiner DNA-Zusammensetzung zu zeigen und so den andern von deiner Eignung zu überzeugen. Etwas angenehmer anzuschauen für uns Menschen sind die zierlichen Balztänze des Kranichs oder der stolze Radschlag des Pfaus. Aber immer gibt es Regeln, Instinkte und erprobte Taktiken. Tiere tun es aus den dunklen Urtiefen ihres Tierseins heraus und reagieren ganz unbekümmert auf ihr Gefühl.

Ich sitze in einer Kneipe und probiere mit aller Kraft, mich an die bei uns Menschen üblichen Taktiken zu erinnern. Neben mir sitzt ein Typ, dem ich mich am liebsten mit meinem vollen Gewicht ans Bein hängen möchte – beide Arme fest drumherumgewickelt und mein Gesicht gegen sein Hosenbein gepresst –, um ihm meine Absichten deutlich zu machen. Angesichts der Tatsache, dass solche Aktionen weit unter meiner Würde sind (natürlich mit Ausnahme der paar

Mal, bei denen ich mich in meiner kindlichen Begeisterung versehentlich betrunken hatte und am Ende sogar die Beine des Barhockers innig umarmte), muss ich es auf eine etwas subtilere Art anpacken.

Ich bringe mein Arsenal an gefährlichen, entwaffnenden Tricks in Stellung. Verständnisvoll nickend (Signal: Ich bin intelligent, ich kapiere alles) lege ich ihm die Hand kurz auf den Arm (Signal: Vertrauen, körperlicher Kontakt). Während ich ihm tief in die Augen starre (Signal: Intimität und Spannung), befeuchte ich kurz meine Unterlippe (Signal: Richtungsanzeiger). Aus den Augenwinkeln sehe ich mich plötzlich selbst im Spiegel: In Wirklichkeit ähnelt mein Verständnis signalisierender Kopf einer hysterischen Erdölpumpe und liegt meine inzwischen schon ein bisschen feuchte und klamme Hand nun schon seit zehn Minuten auf seinem Arm – Warum habe ich vergessen, sie wegzunehmen? – und erinnert an den letzten, verzweifelten Schrei eines Borderline-Patienten um Mitleid. Mein starrer Blick schweift jetzt zwar ab, aber vor dem manischen Augenzwinkern dürfte wohl jeder die Flucht ergreifen, und mein Lippenlecken, das bedauerlicherweise gerade im Spiegel zu sehen war, ähnelt eher der nassen Zunge einer wiederkäuenden Kuh. Ich würde nicht mal selber mit mir im Bett liegen wollen.

Ich kann's nicht. Flirten. Es ist zu schwierig. Ich kann keine Signale aussenden, die auf eine sexy und unterschwellige Art meine Absichten zu erkennen geben. Wenn ich bewusst probiere, diese Dinge einzusetzen, dann merke ich einfach, wie idiotisch das aussieht. Unbewusst flirten, das kann ich allerdings gut – das ist wieder die personifizierte Diskrepanz, die Renske heißt. Wenn ich wirklich mal flirte, dann ist das etwas, das ganz von selbst kommt. Ich sehe den Leuten immer direkt in die Augen, weil ich nicht so gut weiß, auf welchen Teil des Gesichtes ich mich sonst konzentrieren soll. Auch bin ich eine unverbesserliche Anfasserin: Bei einem Gefühl von totalem Einverständnis muss einfach kurz in Beine oder Oberarme gekniffen werden. Ich werfe wie ein wild gewordener Karnevalsprinz mit unbeabsichtigten Flirts nur so um mich. Was mich dann auch oft in ziemlich unbehagliche Situationen bringt.

Aber auf der anderen Seite bin ich hoffnungslos gehandicapt: Ich bin dyslektisch in Bezug auf Körpersprache. Weswegen ich eigentlich Anspruch auf sprachliche Unterstützung haben sollte, zum Beispiel auf einen ständigen Übersetzer oder Souffleur an meiner Seite. Ich bin jemand, der einen ganzen Abend lang nur mit einem Typen quatscht – was sich konversationstechnisch eigentlich nur im Ausstoßen von heiserem Keuchen äußert – und es dann am Ende bizarr findet, wenn er mir in den Hintern kneift. Ich bin jemand, der überall herumposaunt, dass meine Lehrerin garantiert lesbisch ist, weil ich »superstarke erotische Vibes« empfangen hätte. Um dann dahinterzukommen, dass sie schon seit fünf Jahren einen Freund hat.

Mein innerer Kampf in der Kneipe setzt sich in meinem Kopf ausgiebig fort. Ist es anmutig und charmant, Zigarettenrauch durch die Nase zu blasen, französisch kokett, oder sehe ich dann eher aus wie ein wüst schnaubendes Nilpferd?

Plötzlich fällt mir etwas auf: Er hat seine Hand um einen Millimeter näher gelegt. Vielleicht eine kleine Ortsveränderung für die Hand, aber eine große für die ganze Sache. Für einen Augenblick denke ich: eine Belebung. Eine Ermutigung. Ein Zeichen. Aber schnell probiere ich, die Sache objektiv zu betrachten und meine Lehren aus all den Körben zu ziehen, die ich mir durch meine systematisch falschen Interpretationen schon eingehandelt habe. Wegen eines einzigen Millimeters können noch keine Aktionen unternommen werden. Und, was auch nicht völlig zu vernachlässigen ist, Menschen verschieben schon mal ihre Hände, meistens ohne sich darüber bewusst zu sein, ob es sie bestimmten Objekten näher bringt oder von ihnen entfernt.

Und so verflüchtigt sich mein aufkeimender Mut wieder, zusammen mit meinen guten Vorsätzen. Den ganzen Abend stümpern wir weiter. Wir lachen, sehen uns in die Augen – bloß nicht zu lange – fassen uns hin und wieder an, und auch meine Lippen werden ein paar Mal befeuchtet. Aber beide sind wir wie plötzlich ans Tageslicht gezerrte Maulwürfe: Wir haben keine Ahnung, ob es stimmt, was wir zu sehen meinen. Und alle paar Minuten denke ich wieder: Wäre ich doch nur ein Affe. Dann könnte ich ihm einfach meinen Hintern zeigen.

Unerreichbar

Die Krümel meines Bierdeckels liegen allmählich auf dem ganzen Tisch verstreut. Ohne dass ich mir dessen bewusst bin, zerrupft meine rechte Hand mit minutiöser Motorik den Deckel. In meinem einen Ohr höre ich das ununterbrochene Gequatsche einer entfernten Bekannten. Eigentlich kann ich sie überhaupt nicht leiden. Sie ist nur mein Vorwand, um hier zu sitzen und was zu trinken, eine Art Deckmantel für die Außenwelt. Nicht mein wirklicher Grund.

Mein wirklicher Grund hat ein verschmitztes Lachen und verträumte Augen. Mein wirklicher Grund steht hinter der Bar. Ungeschickt lauernd verfolge ich jede seiner Bewegungen.

Er ist eine Hure. Er bedient jeden. Jeder wird von seinem süßen Lachen und seinem leidenschaftlichen Blick verwöhnt. Er ist still, bedächtig, undurchschaubar. Um ihn herum versuchen Frauen, seine Aufmerksamkeit auf sich zu lenken, und er gibt ihnen genau, was sie brauchen, damit sie sich wieder befriedigt zurücklehnen. Es juckt ihn überhaupt nicht. Er hat eine Teflonschicht. Alles gleitet von ihm ab. Seine Hände spielen lässig mit Flaschen, sein Blick ist nach innen gekehrt. Er ist schön. Er redet gerade mit einer Frau, die ihre Titten dabei üppig über den Tresen hängen lässt. Ich kann's nicht mit ansehen.

Schnell gehe ich zu ihm hin und bestelle stotternd ein Getränk. Ich nehme das nasse Glas Bier und schnipse den Deckel, der dran hängen bleibt, mit der anderen Hand ab. Dann blicke ich auf und schaue ihm direkt in die Augen. Ich liebe ihn. Und er erinnert sich wahrscheinlich schon nicht mehr an mich.

Mein Barkeeper ist unerreichbar. Ganze Abende lang sitze ich auf meinem Stammplatz und betrachte ihn. Er ist meine Hoffnung und mein Heiland, mein Prinz auf dem Schimmel. Ich starre zu ihm hinüber und betrachte ihn. Abends male ich mir unser Leben aus und überlege mir Namen für unsere Kinder. Ich habe mir einen Haufen Szenarien zurechtgelegt für meinen großen Moment. Den Moment, der da heißt: Er Sieht Mich. Wir haben auch schon einmal miteinander geredet. Über Wechselgeld.

Jeden Abend saß ich in meine Ecke gekauert. Manchmal mit einem menschlichen Blitzableiter neben mir, aber irgendwie hatte jeder auf einmal die Nase voll davon, neben einem dahinsiechenden, schwärmenden Blümchen zu sitzen. Dann saß ich alleine da. Ich traute mich nicht, mit ihm zu reden. Irgendwie blockte er ernsthafte Gespräche mit einer Körpersprache ab, die zwar nicht richtig zu erklären war, aber kein Missverständnis zuließ. Obsessiv zu ihm hinüberstarrend versuchte ich, mit jeder Faser meines Leibes herauszuschreien: Ich-hier-ich-hier! Verzweifelt zwang ich jeden meiner Gehirnströme, in seine Richtung zu fließen, mit subtilen

Botschaften wie: Heirate mich, nimm mich mit, ich will ein Kind von dir! Ich war ein elendes Häufchen Mensch. Nach einiger Zeit sah ich schlecht aus, hatte die typischen Ringe unter den Augen und trug verzweifelte »Mir-ist-alles-egal«-Pullis. Mein Barkeeper bemerkte mich ja doch nicht.

Und das Verrückte war: Auf eine merkwürdige Art genoss ich es sogar. Es war Leiden. Es war großes und mitreißendes Leiden. Es war viel interessanter als eine normale Situation. Eine normale Situation wird schnell banal, weil sie sich innerhalb gewisser Grenzen und Regeln abspielt. Die kann man fassen und daher beherrschen und kontrollieren. Das hier war unvorstellbar, unerreichbar. Aber ich dachte die ganze Zeit an ihn. Und das gab mir das Gefühl, dass ich mit etwas Allumfassendem beschäftigt war. Ich fühlte mich wie der junge Werther. Ich suhlte mich in meiner Trauer. Ich schwelgte in meinem Elend. Ich hegte und pflegte meine gequälte Trauer, mein abgewiesenes Herz, meine unbeantwortete Liebe. Ich erlaubte mir, nächtelang zu heulen und fand, dass die Ringe unter meinen geschwollenen Augen gut zu meinem Gemütszustand passten. Ich kam mir noch nicht einmal lächerlich vor, als ich heftig in mein Kissen boxte und dabei laut jammerte: Warum, warum?

Aber meine romantischen, stürmischen Gefühle äußerten sich nicht nur in Trauer und Leiden. Ich konnte alles projizieren auf diesen Mann, den ich nicht kannte. Es war wie die mittelalterliche Minne, bei der man den Geliebten nur aus der Ferne bewunderte. Die Pracht der höfischen Liebe. Jemanden auf einen Sockel stellen. Jemanden anbeten. Meine Liebe war längst zu einer Religion geworden. Meine Besuche in der Kneipe waren meine Gottesdienste, und meine Hingabe war grenzenlos. Er war Gott und Priester in einer Person. Es war Selbstkasteiung. Ich fühlte mich geläutert durch diesen treuen, sklavischen Märtyrergang.

Mein Blick bewölkt sich, während ich in Gedanken versinke. Meine Hand hört keinen Moment auf, in demselben trägen Tempo den Deckel zu zerkrümeln. Meine Augen wenden sich ab von der Stelle, die sie nun schon so lange beobachten. Das Gequatsche in meinem Ohr klingt wie eine Platte, die mit der falschen Umdrehungszahl abgespielt wird, zu schnell und zu hoch. Ich bin so müde. Ich schließe kurz die Augen. Er wird ja doch nur hinter der Bar stehen und ganz tiefsinnig vor sich hin starren. Er kann auch kurz ohne mich. Das scheint er nämlich die ganze Zeit schon zu können.
»Äh ...«
Neben meinem Kopf erklingt plötzlich ein Aufmerksamkeit heischendes Räuspern. Ich öffne schnell die Augen und schaue dem Barkeeper direkt ins Gesicht, das zum Knieerweichen nah ist. »Äh...«, wiederholt er, »ich glaube, du hast gerade eben zu wenig bezahlt.«

Entzug

Der lange Gang erstreckt sich endlos vor mir. Auf dem kühlen, klinischen Linoleum machen meine Schritte ein schmatzendes Geräusch. Ich bin unterwegs zu meinem Zimmer, meinem Verschlag. Die Menschen in der sterilen weißen Kleidung, denen ich entgegenkomme, grüßen mich in sanftem Ton. Milde und verständnisvoll. Die viel zu langen Hosenbeine meiner schlabbrigen Trainingshose schleifen über den Boden. Angekommen in meinem Verschlag setze ich mich auf die harte, dünne Matratze und lasse langsam die Luft aus meiner Lunge entweichen. Wie lange sitze ich hier schon? Die Tage in der Entzugsklinik *Morgenröte* sind lang. Doch fühle ich mich nicht müde und fahrig, so wie ich mich normalerweise fühlen würde nach unzähligen Tagen in derselben, absichtlich langweiligen Umgebung. Ich bin zufrieden und glücklich. Ich komme gerade aus der kreativen Therapie zurück und bin überwältigend stolz auf mich. Auch die Therapeutin fand, dass ich bei meinen Übungen mit Ton – aufgerichtete männliche Glieder, die ich dann rituell mit einem Hammer zertrümmere – große Fortschritte gemacht habe.

Ich wusste nicht einmal, dass es so was gibt, eine Entzugsklinik für Nymphomaninnen. Aber so ist das immer. Wenn die Not am größten ist, dann wird einem, so scheint es, jemand geschickt, der einem den rechten Weg weist. Bei mir kam derjenige in Gestalt einer Freundin, die mit Suchtkranken arbeitet. Liebevoll legte sie mir den Arm um die Schulter und gab mir eine Visitenkarte von *Morgenröte*. »Wirklich. Ich glaube, das wird dir guttun.«

Und auf einmal dachte ich das auch. Das es gut wäre, endlich davon erlöst zu sein, von dem ewigen Mahlstrom von Verführen, Verzaubern, Vögeln, Verzweifeln, Verlassen und Verlassenwerden. Immer wieder jemand anderes, immer wieder erst »ja« denken und dann »nein«. Die Gefühle von Lust, Hoffnung, Ablenkung, Enttäuschung, die wie ein hysterischer Karnevalszug an mir vorbeiziehen. Endlich Ruhe. Endlich mal was anderes.

Ich zupfe ein bisschen an meinem Trainingsanzug. Ich darf hier zwar eigene Sachen tragen, aber von aufreizender Kleidung wird schärfstens abgeraten. Am Anfang habe ich mir da nicht so viel draus gemacht und ging oben ohne und mit wiegenden Hüften durchs Leben. Hohe Absätze machen schön viel Krach in langen, schmalen Fluren. Aber nach den Vorträgen mit den Dias ging es nicht mehr. Warum tat ich das eigentlich? Der Körper ist doch kein Fleisch im Sonderangebot, die Kleidung keine Einschweißfolie? Warum ziehe ich diese Sachen eigentlich an, für mich selber oder für jemand anderen? Wo liegt die Grenze zwischen selbstbewusst und selbstbewusst tun? Allmählich wich ich auf Jeans und T-Shirts aus, tat dann noch einen weiteren Schritt in die richtige Richtung und fing mit weiten Pullis an. Jetzt laufe ich nur noch in einem weiten Trainingsanzug rum, der alles bedeckt.

Während der langen Vorträge erfuhr ich von Menschen, die an ihrer Sucht zugrunde gegangen sind. Frauen, die, ihren kurzen Rock bis zum Bauch hochgeschoben, in ihren eigenen Exkrementen in der Gosse gelandet waren, mit Lippenstift auf den Wangen und Mascara verschmiert bis zum Kinn, und mit ihren aus dem Top hängenden Brüsten und ausgestreckten Händen jeden Mann anflehten: Nimm mich! Nimm mich!

Voller Abscheu versuchte ich, den Blick abzuwenden von den schrecklichen Bildern, die auf eine große Leinwand projiziert wurden, untermalt von leiser klassischer Musik, aber mein Kopf wurde festgehalten, ich musste hinschauen. Mir wurde schlecht.

Nach den langen Sitzungen mit den heftigen Bildern, die mir geradezu auf die Netzhaut gebrannt wurden, fühlte ich mich anders. Ruhig und friedlich, ein bisschen leer. Dann war ich reif für eine andere Art Therapie. Ich lernte, wie ich meine sexuelle Energie auf andere Dinge richten konnte, Dinge, an denen ich ebenso viel Vergnügen haben konnte. Tanzen zum Beispiel. Meditieren. Großformatige Bilder malen. Bäume umarmen, das tat ich eigentlich am liebsten. Das war auch die Zeit, in der ich andere Kleidung trug. Wenn ich nur einen Rock sah, wurde mir schon schlecht.

Meine ganze Weltsicht veränderte sich, meine Art, Dinge zu tun, meine Sprache und Umgangsformen. In meinem Wortschatz gab es keine sexuellen Wörter mehr. Ich lachte anders. Nicht mehr verführerisch oder sphinxartig, nicht mehr wollüstig oder geil. Ich lachte jetzt einfach, ohne Unterton, einfach nur das Geräusch. Ich bewegte mich anders, nicht mehr zögernd oder abwartend oder sinnlich langsam. Ich ging jetzt ganz normal, ohne Kinkerlitzchen: Man geht, um von einem Ort zum anderen zu gelangen, und man macht dabei die Bewegungen, die nötig sind. Ich benutzte auch kein Make-up mehr, denn nach den Bildern von den Frauen löste jedes Mascara und jedes Rouge bei mir einen Anfall von Übelkeit aus. Ich war reine Natur, *au naturel*, ganz schlicht. Ohne Faxen, ohne Firlefanz. Ohne Doppeldeutigkeit. Einfach.

Ich lasse mich auf die harte, dünne Matratze fallen und denke, dass ich sicher bald hier weg kann. Wie schön das wird, endlich ein Leben zu führen ohne die unstillbare Lust auf Sex. Wie einfach das sein wird, sich für eine Party anzuziehen und zurechtzumachen. Wie simpel es sein wird, mit Leuten zu reden und dabei nie *mehr* zu denken, als man zeigt.

Dann geht langsam die Tür auf. Der Kopf eines neuen Pflegers erscheint. Er ist wirklich neu, ich habe ihn hier noch nie gesehen. Ich sehe ihn an und es ist, als ob ich mich anstrengen muss, um scharf zu sehen. Er ist … ich kann es nicht richtig sagen, umschreiben, mir wird schlecht, und mein Blick wird trübe. Er ist … ich springe auf und spüre eine warme Glut in meinem Unterleib. Ich gucke ihn weiter an und fühle, wie sich die warme Glut verbreitet, sie verdrängt das Übelkeitsgefühl, ich fühle mich verwirrt, erhitzt, meine Hände werden klamm, und mein Atem stockt. Ich stehe vom Bett auf und gehe auf ihn zu. Er ist … und dann finde ich endlich das richtige Wort. So geil.

Mit einer wilden, heftigen Bewegung packe ich seinen Kopf und küsse ihn mitten auf den Mund. Die Hand, die seinen Kopf festhält, kneift ihn ins Genick, und meine andere Hand greift nach seinem Bauch unter dem weißen Pflegerkittel. Dann lasse ich los und sehe ihn verwirrt an. Vor einer Minute war ich einfach. Normal. Aber auch einfach todlangweilig. Erst das hier fühlt sich wirklich gut an, diese wilde Flut von Gefühlen, sich da hineinzuwerfen, mitgerissen zu werden. Ich will mich nicht verändern, ich will keine angepasste, blutleere Froschnatur werden. Ich will verleiten, verführen, vögeln. Und die Verzweiflung, das Verlassenwerden und die Trauer, das will ich auch. Ich will mich nicht verändern.

Im Bruchteil einer Sekunde finde ich zu mir selbst zurück, es fühlt sich herrlich an heimzukommen: als ob ich betäubt gewesen wäre und jetzt wieder wach bin. Und während ich meine Brüste gegen den Türpfosten drücke, meine Augen erregt zu ihm hochblicken und ich meinen Finger über seinen Bauch gleiten lasse, sage ich mit meiner verführerischsten Stimme: »Kommst du?«

BONUSMATERIAL

Feel the Vibe

So wie jedes Mädchen masturbiere ich, und ich bin sehr stolz darauf. Am liebsten rede ich stundenlang darüber, und dann natürlich lieber in einem vollbesetzten Zug als im Auto. Mit lauter Stimme verkünde ich, wie herrlich es ist, und dass ich es gerne den ganzen Tag lang täte, egal wo.

Ich lüge. Denn die Rätsel meiner Muschi, Möse, Honigdose, Lustgrotte überwältigen und verwirren mich jeden Tag. Manchmal ähnelt es einer Zermürbungsschlacht, die ich jedes Mal wieder verliere und nach der ich hundemüde aufs Bett falle. Ein Freund von mir meinte, so könne es nicht weitergehen, und ich müsse endlich dort Hand anlegen *where my mouth was*. Und, so fand er, als selbstbewusste, junge, coole und hippe Frau von Welt könne ich doch nicht länger ohne: Also bekam ich von ihm einen Vibrator.

Ich durfte ihn mir selber aussuchen, und so stand ich, ein bisschen erhitzt und außer Atem, vor einer endlosen Reihe Neppschwänze. Einige schwarz und geädert, andere schlank und in Babyfarben. Es gab einige mit extra Wucherungen, wie die Arme eines Kaktus, um damit die Klitoris zu reizen. Ich wollte meinen gerne in meiner Handtasche aufbewahren – natürlich damit jeder ihn sehen konnte und es so aussah, als würde ich überall und zu jeder passenden oder unpassenden Zeit mit dem Ding aufs Klo gehen – aber es ging mir dann doch etwas zu weit, jedes Mal, wenn ich mir eine Zigarette heraushole, Auge in Auge mit so einem realistischen Monstrum zu stehen. Ich wählte daher ein zierliches, futuristisches und etwas spitz zulaufendes Modell in der sympathischen und ganz schwanzuntypischen Farbe Gold. Begeistert verließ ich den Laden wieder.

Abends kann ich es kaum erwarten, der Neppschwanz brennt mir schon ein Loch in die Tasche. Schon früh gehe ich nach oben und lege mich gespannt ins Bett. Ich hohle ihn heraus, aber er ist schrecklich kalt, also liege ich erst mal eine Viertelstunde lang im Bett herum, um meinen stählernen Schwanz aufzuwärmen. Dann stelle ich ihn an. Ein wildes Brummen ertönt, während er bedrohlich zu beben und zu zittern beginnt. Vor lauter Schreck komme ich sofort. Ich stelle ihn schnell wieder aus, denn er macht wirklich einen Lärm wie ein Rasenmäher. Als ich es später noch einmal probiere, passiert bis auf das tiefe Surren überhaupt nichts. Und eine Woche später wieder nichts. Die Spannung ist weg – wie bei einem Typen, bei dem die Spannung weg ist. Es funktioniert nicht mehr.

Als ich am nächsten Morgen nach unten komme, steht mein Bruder da, gerade dabei, das Haus zu verlassen und zur Schule zu gehen. Er wirft mir einen strafenden Blick zu. Bevor er zur Tür hinausgeht, dreht er sich noch einmal um. »Ich hoffe, beim nächsten Mal kaufst du dir ein etwas teureres Modell, am besten so eins, das den Preis für den leisesten Vibrator gewonnen hat. Ich hab nämlich keinen Bock auf noch 'ne schlaflose Nacht wegen dem Scheißding von dir.«

Mit glühenden Wangen setze ich mich an den Frühstückstisch.

Gespielter Genuss

*I*ch kaue auf meiner Unterlippe und starre zur Decke. Mit hochgezogenen Augenbrauen und beiläufigem Interesse verfolge ich die Linien, Löcher und Erhebungen. Ich hebe den Kopf und werfe über das Mega-Mehrfachkinn hinweg, das in dieser Lage entsteht, einen Blick nach unten. Da liegt ein Typ, der schwer mit mir zugange ist und sich schwitzend abrackert. Er guckt mich aufgeplustert und hoffnungsvoll an.

Anscheinend ist es für ihn eine reichlich aufreibende Angelegenheit. Ich beschließe, dass es jetzt so weit ist, und fange an, ganz subtil ein paar Laute von mir zu geben. Als ich merke, wie begeistert er darauf reagiert, bekomme ich beinahe Mitleid, aber allmählich macht's mir auch Spaß. Ich ziehe Lautstärke und Tempo ein bisschen an und schlage ihm leidenschaftlich meine Nägel in den Rücken. Mein Timing ist perfekt. Für den Bruchteil einer Sekunde frage ich mich: Entscheide ich mich für die ästhetische Implosion, mit verhaltenem Japsen, oder für die »Was-bin-ich-doch-für-ein-wildes-Mädchen«-Variante, mit lauten Schreien und roten Striemen?

Ich wähle Letzteres, denn ich merke jedes Mal aufs Neue: Wenn man kommt, kann man sich anscheinend alles erlauben. Dieses Mal probiere ich aus, wie weit ich gehen kann, fange erst an, ihn sanft zu schlagen, und steigere es dann proportional zu meinem Gestöhne. Mit durchgedrückten Zehen beiße ich in die Decke. Dann ist es genug und ich schließe etwas enttäuschend mit ein bisschen Gekeuche ab, wonach ich ihn einfach von mir runterschubse. *C'est ça.*

So einfach ist das. Aber gleichzeitig blöde für den Typ, denn ein Fake-Orgasmus ist von einem echten nicht zu unterscheiden. Und jede tut es. Natürlich nicht immer, aber ich glaube, es läuft kein Frauenzimmer auf dieser Erde herum, das noch nie den heimlichen Genuss eines Fake-Orgasmus gehabt hätte. Denn das kann unter Umständen eine außergewöhnlich befriedigende *one-woman performance* sein, bei der *du* Regie führst und bei der du dich wirklich mal so richtig gehen lassen kannst.

Und ist das nicht die beste Lösung? Wenn jemand sich doch sinnlos abrackert und du spürst, dass es einfach nicht klappt, was ist dann die charmantere Lösung? Mit der ehrlichen Tour hat man garantiert eine unangenehme Situation im Bett, mit einem heulenden Kerl, der verzweifelt fragt, was er denn in Gottes Namen falsch macht, und einer genervten Sie, die so nett wie möglich schnaubt, dass es wirklich nicht an ihm liegt. Jaja. Das sagen sie alle.

Es ist natürlich ganz idealistisch, das für die bessere Lösung zu halten, aber wenn du, jetzt mal pragmatisch gesehen, willst, dass noch gevögelt wird, ist es wohl doch klüger, ein bisschen rumzukeuchen. Er wird es dir sicher zu danken wissen, angesichts der Tatsache, dass es ja auch seinem Ego guttut.

Es ist vorbei, geschafft, zu Ende. Der Typ strahlt, er ist ganz offensichtlich hochzufrieden mit meiner lautstarken Bestätigung seines männlichen Könnens. Ich ziehe an meiner Zigarette. Plötzlich denke ich, dass sie vielleicht doch etwas besser schmecken würde, wenn ich einen richtigen Orgasmus gehabt hätte. Dann hätte ich den Typen neben mir wahrscheinlich auch etwas netter gefunden dank der Hormonladung, die bei einem Orgasmus freikommt. Jetzt finde ich ihn ein bisschen eklig. Ich hätte mich wahrscheinlich auch angenehm erschöpft gefühlt, anstelle von etwas schlapp von dem ganzen Gekreische. Hm. Da liegst du dann mit deinen ganzen progressiven Vorstellungen von ›selbstbewusster Frau‹. Da gibt's nun sieben verschiedene Arten des Orgasmus, und du benutzt keine einzige davon.

Bald Bush

Sie hatte eine kahlrasierte Muschi.«

Ich pruste heftig mein Bier aus. »Was? Gott im Himmel!«

Wir sitzen in einer Kneipe. ›Wir‹ heißt zwei von meinen Freunden und ich. Meine Freunde sind Jungs, weil ich finde, dass alle Frauen blöde Huren sind. Wir hatten gerade ein anregendes und interessantes Gespräch über Sex, bis einer meiner Freunde mit durchtriebener Miene anfing, von seiner letzten blöden Hure zu erzählen. Und dann vor allem von ihrem – nicht vorhandenen – Busch. Während der andere Junge heimlich mitgrinst und seinen bespritzten Pulli – mein Bier – betrachtet, bin ich vor allem schockiert. Eine kahle Muschi?

Eine kahle Muschi. Eine kahlrasierte Muschi. Das geht mir schlicht über den abtrainierten Verstand. Warum finden Männer das sexuell erregend? Und warum tun Frauen das? Warum negieren wir kollektiv unsere sekundären Geschlechtsmerkmale, als ob sie nichts bedeuteten? Denn Schamhaare sind ein Zeichen von Geschlechtsreife und Erwachsensein. Das Fehlen davon ist daher ein deutliches Zeichen: Vögel mich nicht, ich bin noch ein Kind!

Ein unbehaartes Geschlecht toll finden, das ist für mich schon eine leichte Form der Pädophilie. Sollte es das wirklich sein? Bäh! Wi-der-lich.

Warum konnten wir nicht einfach bei dem simplen, ehrlichen Bild der ersten Muschi bleiben, die im Fernsehen gezeigt wurde? Geschmückt mit einem ansehnlichen Laubwald erschien sie stolz im Bild. Leben und leben lassen. Eine Muschi, wie Gott sie erschaffen hat. Und jetzt erwartet man auf einmal von uns, dass wir uns kreativ betätigen, ein höllisches Jucken in Kauf nehmen und uns, über drei Spiegel gebückt, kahl rupfen.

Warum in Gottes Namen sollte man da unten alles so gut sehen wollen? (Ich habe einmal von einer Untersuchung gehört, bei der jungen Studenten ein Foto von einer Muschi und eins von einer offenen Wunde gezeigt wurde. Sie konnten sie kaum voneinander unterscheiden.)

Ich hab's schwer. Ist das wirklich allgemein akzeptiert? Ich beschließe, dass es nicht so ist, ich finde es einfach nicht normal, und meine Meinung ist schließlich Gesetz. Also befrage ich eine Freundin darüber – ja, natürlich habe ich die auch.

Während ich dem Ekel in meiner Stimme erregt freien Lauf lasse, fängt sie an zu grinsen. »Wusstest du das denn nicht? Dann hab ich wohl vergessen, es dir zu erzählen. Ich geh einmal im Monat zu einer Art Intimfriseurin, die wachst das alles weg. Ja, deine Muschi brennt dann zwar erst einmal höllisch, aber dafür ist sie danach auch schön glatt. Sieht gut aus, finde ich. Man muss natürlich schon eine einigermaßen vorzeigbare Muschi haben. Nicht so eine, die wie eine Saloontür aussieht, und so hin und her wabbelt. Das sieht dann natürlich unmöglich aus.«

Es ist also doch normal. Ich bin nicht normal. Plötzlich scheint jeder da unten so glatt zu sein wie ein Baby. Freundinnen, Fremde, sogar Freunde (Also Männer. Das muss man sich mal vor Augen führen.). Ich bin in der Minderheit. Hilfe! Ich bin umzingelt von lauter Möchtegern-Siebenjährigen! Ich sitze seufzend auf meinem Bett. Ich habe natürlich immer darauf geachtet, keinen Wildwuchs entstehen zu lassen, und alles immer schön ordentlich innerhalb gewisser Grenzen gehalten. Zivilisiert eben. Aber jetzt verlangt man ein bisschen viel von mir.

Träge stehe ich auf und gehe ins Bad. *A girl's gotta do what a girl's gotta do*. Ich war immer schon besonders empfänglich für *peer pressure*.

Mädchen

Weil Freunde ab und zu Geburtstag haben, muss man schon gelegentlich mal auf der einen oder anderen Party *acte de présence* zeigen. Eine Party, auf der Leute sich gemeinschaftlich, unter dem Deckmantel geselligen Beisammenseins, volllaufen lassen und sich dabei austauschen.

Also los. Ich habe mich nicht lumpen lassen und erscheine, in ein atemberaubendes Outfit gezwängt, auf der Party, ein bisschen angespannt. Mit einem einzigen Blick sehe ich, dass alle sitzen – das ist schrecklich – und dass ich niemanden kenne – noch schlimmer. Aber was mich am meisten beängstigt, ist die Tatsache, dass die Gesellschaft einzig und allein aus aufgetakelten Tussis besteht, die sich wie ein einziges zehnköpfiges Wesen zu mir umdrehen, als ich mit meiner Jacke und meinem armseligen Geschenk in der Tür stehe. Kühl mustern sie mich von Kopf bis Fuß, untermalt von unterdrücktem Gelächter und Getuschel.

Mit einem etwas halbherzigen Winken murmele ich: »Hi, ich bin Renske« und unternehme einen schwachen Fluchtversuch zum Geburtstagskind, das leider schon längst wieder irgendwo anders ist. Es bleibt mir also nichts anderes übrig, als mit den Mädchen vorliebzunehmen, die mich jetzt spöttisch und herausfordernd ansehen.

»Und, woher kennt ihr Mark?«, frage ich und starte einen jämmerlichen Versuch, das Eis zu brechen.

»Vom Hockeyklub«, antwortet das Mädchen, das neben mir sitzt, mit einem babyrosa Polohemd und umgehängtem Sweater.

Auch das noch. Also alles Freundinnen. Aus irgendeinem Grund ist es ihnen nicht möglich, die Gespräche, die sie vor meiner Ankunft geführt haben, fortzusetzen. Also erst einmal allgemeines Schweigen.

»Hübscher Pulli«, sagt das Mädchen. »Von H&M, oder? Das sieht man sofort an dem billigen Stoff. Ein bisschen kurz, findest du nicht? Man sieht deinen Bauch so. Aber wenn du A-Cup hast, ist es bestimmt auch schwierig, passende Sachen zu finden, das sind dann ja meistens eher Kindergrößen.«

Ich versuche, gequält zu grinsen.

Mark kommt dazu. »Hallo Damen, wie ist die Stimmung bei euch?«

Der verzweifelte Hilfeschrei, der in meinem Blick zu lesen ist, entgeht ihm völlig.

»Super«, sagt die Tussi in der gelackten Hockeymontur. »Wir unterhalten uns gerade richtig nett mit Renske hier.« Sie wirft mir ein engelhaftes Lächeln zu.

In einem letzten Versuch frage ich, was sie Mark geschenkt haben. »Oh, ein Abo für noch ein Jahr Hockey. Wir wollen Mark natürlich nicht verlieren.«

Kichern. Die Pflanze, die ich ihm schenken will, wird spontan welk.

»Das findet er sicher auch nett«, sagt das Mädchen mit einem süßlichen Lächeln und falschem Leuchten in den Augen.

Den restlichen Abend verbringe ich auf dem Klo.

Mädchen. Gemeine, hinterhältige Huren sind das. Nichts ist so durch und durch verlogen und falsch wie ein Mädchen, das einem andern Mädchen über den Weg läuft. Am liebsten mit einem Heer von Freundinnen hinter sich geht sie sofort auf heimtückische Art zum Angriff über, wobei es ihr einzig und allein darauf ankommt, Machtgebiete abzustecken, Siege zu erringen und dafür zu sorgen, dass die andere sich so beschissen wie möglich fühlt.

Ich schlage mich schon seit Jahren mit diesem Problem herum. Das reicht von in der Disco »aus Versehen« von der Tanzfläche gestoßen zu werden bis zu Rempeleien und gehässigen Bemerkungen in der Warteschlange vor dem Klo. Wo Jungs einfach ganz offen eine gemeine Bemerkung machen oder dem anderen schlimmstenfalls eins auf die Fresse geben, scheinen sich Mädchen ganz prächtig zu amüsieren, während ein Außenstehender allein schon an dem Flackern in ihren Augen sehen kann, dass sie beide nichts lieber täten, als die andere noch im Nachhinein abzutreiben.

Zum Glück gibt es auch Ausnahmen: Mädchen, die Mädchen nicht ausstehen können. Mädchen, die sich lieber mit Jungs herumtreiben, keine Mädchencliquen um sich herum haben und die bei dem typischen Mädchengetue nicht mitmachen. Das müssen nicht unbedingt Kampflesben sein, es gibt sie in allen Sorten und Größen. Es sind die einzigen

Mädchen, die ich ertrage und die deswegen auch den kleinen Kreis meiner Freundinnen bilden.

Ich gebe eine Party, habe zur Abwechslung mal wieder ein atemberaubendes Outfit angezogen und mein festes Trio Freundinnen eingeladen, ergänzt durch meine Freunde, die Gott sei Dank alle einen Schwanz haben. Als ich strahlend die Tür aufmache, um die Leute zu begrüßen, sehe ich zu meiner Überraschung Mark und neben ihm irgendeine arrogante Tussi.

Fröhlich sagt Mark, dass er sie mal mitgenommen hat, weil sie jetzt zusammen sind, und zwinkert mir übertrieben zu. Während ich versuche, meinen Ekel zu unterdrücken, lasse ich sie herein, um Mark zu den Männern zu lotsen und die Tussi dann dorthin mitzunehmen, wo meine Freundinnen sind.

»Sooo ...«, setze ich an, »ganz nettes Kostüm, das du da anhast. Passt aber stilmäßig nicht ganz rein hier, oder?« Und ich lasse mein hinterhältigstes Lächeln sehen.

Three is a Crowd

*I*ch sitze in der Klasse. Seufzend starre ich nach draußen und kratze wie besessen imaginären Dreck unter meinen Nägeln weg. Schon seit einer Viertelstunde versuche ich krampfhaft, nicht hinzuhören, was schwierig ist, denn es ist nicht zu übersehen, dass ich sie hören soll. Meine nervige (schlanke, schöne und erfolgreiche) Nachbarin redet laut und aufdringlich.

»Hab ich schon erzählt, dass er Kapitän in der Rudermannschaft ist? Er hat auch den schwarzen Karategürtel. Er ist so muskulös. *So* einen Sixpack. Aber auch intelligent. Hat ein Jahr Realschule übersprungen und macht jetzt Medizin. Letztes Jahr hat er für ein halbes Jahr in einem Krankenhaus in Ghana gearbeitet, so was von lieb. Ach ja, er tanzt auch ganz toll. Und er war mal Fotomodell. Er kommt mich nachher abholen, und dann gehen wir übers Wochenende segeln.«

Niemand sieht so idiotisch und bescheuert aus wie jemand, der verliebt aus dem Fenster starrt. Gerade als ich im Begriff bin, ihr das in allen Einzelheiten zu erzählen, fängt sie wieder an.

»Hab ich schon erzählt, dass ...«, so dass ich mich die

restliche Zeit ernsthaft frage, wie ich ihr drehtechnisch am besten einen Ellbogen ins Gesicht hauen kann.

»Wir gehen heute Abend aus«, kündige ich entschlossen an.

Meine Freundin sieht mich begeistert an. »Superidee, aber kann Danny dann auch mit?«

Niemand sagt nein zu so einem hoffnungsvollen Gesicht. Niemand ist so ehrlich und sagt: Ich glaube, auf die Pickelvisage können wir gut verzichten, und ich fand dich eigentlich viel netter, als du noch allein warst. Nein, ich sage natürlich »na klar« und ringe mir ein Lächeln ab. Ich darf also den ganzen Abend von meiner leeren Seite des Tisches zu ihrer vollen Seite rübergucken.

Kichernd werden Vertraulichkeiten ins Ohr geflüstert, und an der Unruhe unterm Tisch merke ich, dass da auch irgendwas im Gange ist. Manchmal kommt eine Art Gespräch in Gang, bis eine gemeinsame Erinnerung auf der anderen Seite wieder die Oberhand gewinnt. Am schlimmsten sind das gespielte Bösesein und das affektierte Geklapse. Sich gegenseitig mit so einer schlappen Handbewegung zu schlagen und dabei kleine Schreie auszustoßen. Macht das gefälligst im Bett oder gar nicht.

Vor lauter Ärger gehe ich mit Sodbrennen nach Hause.

Nichts ist so schlimm wie Paare, wenn du selbst niemanden hast. Du stehst Schlange, allein, oder vielleicht mit jemandem, mit dem du versuchst, ein Gespräch zu führen. Das Paar vor dir war die ganze Zeit schon ein bisschen am Rumalbern, aber jetzt gehen sie zu einer ausgedehnten Zungenkuss-Aktion über, bis ihnen der Sabber übers Kinn läuft. So deutlich wie auf einer Kinoleinwand siehst du die eine rosaglänzende Zunge langsam im Mund des anderen verschwinden. Bäh. Dein Gespräch kannst du vergessen, und der Appetit ist dir auch vergangen.

Oder du sitzt in der Eisdiele. Du isst in aller Ruhe dein Eis, ganz zivilisiert. Dir gegenüber sitzt ein Paar, halb auf- und halb ineinander, das auch Eis isst. Und dann nicht jeder eins, nein, sie teilen sich eins! Hier, du einen Löffel. O danke, hier, du auch einen Löffel. Und nach jedem Löffel ein Küsschen. Pfui Teufel.

Von Liebe wird mir schlecht, wenn ich selber nichts damit zu tun habe. Ich kann mich unmöglich freuen für Pärchen, wenn ich nicht selber dazugehöre. Und alle hier beschriebenen Dinge sind für mich dann einfach ein widerliches Rätsel, das ich weder respektiere noch toleriere. Liebe in der Öffentlichkeit sollte verboten werden. Diese ganze offene Zurschaustellung von Glück, asozial ist das. Denkt da vielleicht auch einmal jemand an die Minderbemittelten, die Einsamen, die Unglücklichen? Damit meine ich mich natürlich nicht selber. Ich habe einfach gerade keinen Freund. Und wenn *ich* keinen habe, dann darf niemand einen haben.

Ich sitze an der Theke in einer Kneipe. Ich sitze halb auf und halb in jemandem, und auf der anderen Seite sitzt meine Freundin. Allein. Sie guckt gelangweilt, um nicht zu sagen: genervt. Warum bloß?, frage ich mich ganz kurz. Sie freut sich doch für mich, oder? Das hat sie jedenfalls gerade gesagt.

Ich drehe mich um zu meinem enorm muskulösen, intelligenten, komischen und mit tollen Hobbys und Talenten ausgestatteten Typen. Ich gucke ihn süß und verliebt an und fühle mich sehr sexy. Ich kneife ihn ein bisschen und kichere dabei. Dann fangen wir an, uns langsam zu küssen. Es dauert Stunden und fühlt sich toll an.

Plötzlich ist es kalt und nass. Da wurde eindeutig Wasser über uns ausgeschüttet. Verblüfft und triefend schauen wir auf.

Ein böser Barkeeper mit einem leeren Glas in der Hand guckt uns an. »Geht's auch ein bisschen weniger? Das eklige Gesabber an der Theke. Asozial, so was. Und deine Freundin da, die ist schon weg. Vor 'ner Viertelstunde oder so.«

Mary Gray bei Goldmann

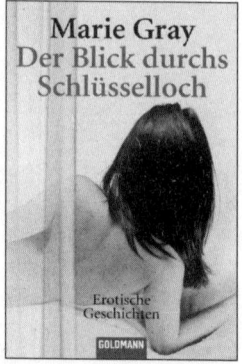

Mehr Informationen unter www.goldmann-verlag.de

Erotische Momente

Mehr Informationen unter www.goldmann-verlag.de

GOLDMANN

Einen Überblick über unser lieferbares Programm
sowie weitere Informationen zu unseren Titeln und
Autoren finden Sie im Internet unter:

www.goldmann-verlag.de

Monat für Monat interessante und fesselnde
Taschenbuch-Bestseller

Literatur deutschsprachiger und internationaler Autoren

∞

Unterhaltung, Kriminalromane, Thriller,
Historische Romane und Fantasy-Literatur

∞

Klassiker mit Anmerkungen, Anthologien
und Lesebücher

∞

Aktuelle Sachbücher und Ratgeber

∞

Bücher zu Politik, Gesellschaft, Naturwissenschaft
und Umwelt

∞

Alles aus den Bereichen Esoterik, ganzheitliches Heilen
und Psychologie

Die ganze Welt des Taschenbuchs
Goldmann Verlag • Neumarkter Straße 28 • 81673 München

GOLDMANN